서부지방 제일의 사나이

서부지방 제일의 사나이

THE PLAYBOY OF THE WESTERN WORLD

—3막짜리 희극 A COMEDY IN THREE ACTS

John Millington Synge 지음 |

손동호 옮김 |

도서출판 동인

다른 작품에서와 마찬가지로 〈서부지방 제일의 사나이〉를 집필하면서 나는 거의 아일랜드 시골사람들에게서 들었거나 신문을 읽을 수 있기 전에 유아원에서 쓰던 말만을 사용했다. 내가 사용한 어떤 구절들은 케리에서 메이요 카운티에 이르는 해안지방에서 목부와 어부들이나 더블린 근방의 부랑자 여인들, 민요가수들에게서 들었다. 나는 이 아름다운 사람들의 민속적 상상력의 덕을 많이 보았음을 기꺼이 인정한다. 아일랜드 농부들을 아주 잘 아는 사람이라면 누구나 이 희곡에서 가장 거친 말과 생각들조차도 기살라나 카라로 그리고 딩글베이의 구릉지역의 오두막집에서 들을 수 있는 희한한 말들에 비하면 약과라는 점을 알 것이다. 모든 예술은 공동작업이다. 행복한 문학의 시대에 이야기꾼들과 극작가들은 재치 넘치는 아름다운 구절들을 화려한 외투와 드레스처럼 즐겨 사용했다는 점은 의심의 여지가 없다. 엘리자베드조 극작가는 펜을 들고 책상에 앉아 작품을 쓸 때 십중팔구 저녁상에서 어머나 자녀들에게 방금 들은 구절들을 많이 이용했다. 아일랜드에서도 사람들을 아는 작가들은 이와 똑같은 특권을 누린다. 몇 년 전 〈골짜기의 그림자〉를 쓰고 있을 때, 나는 어떤 학습보다 더 많은 도움을 내가 유숙하던 위클로우 카운티의 낡은 집 부엌의 하녀들이 하는 말을 듣게 해준 방바닥의 틈으로부터 받았다. 나는 이 점이 중요하다고 생각한다. 사람들의 상상력과 언어가 풍요롭고 살아있는 나라에서는 작가의 말이 화려하고 분량이 많을 수도 있으며 동시에 작가가 모든 시의 뿌리인 세계를 종합적이면서도 자연스러운 모양으로 재현할 수 있다. 하지만 근대 도회지 문학에서 화려함은 소네트, 산문시, 또는 인생의 심오한 공통관심과 먼 한두 권의 미사여구 가득한 책에서나 발견된다. 한 쪽에서는, 말라르메와 호이스만스가 이런 문학을 생산하고 있고, 다른 쪽에는 입센과 졸라가 재미없고 생기 없는 언어로 삶의 현실을 다룬다. 무대 위에는 반드시 세상이 있어야 하고, 또 기쁨이 있어야 한다. 이것이 현학적인 근대 드라마가 실패한 이유이며, 사람들이 세상의 극도로 생생한 것에서만 발견되는 진한 기쁨 대신 음악희극의 가짜 기쁨에 식상해하는 이유이다. 좋은 연극의 모든 대사는 호두나 사과처럼 풍미가 있어야 하며, 시를 읊지 않는 사람들과 일하는 사람은 그런 대사를 쓸 수 없다. 아일랜드에는 지금 몇 년간 불꽃같고 장엄한, 그러면서도 부드러운 대중적 상상력이 존재한다. 그래서 우리 작가 지망생들은 시골의 봄이 잊혀지고, 추수는 기억에 지나지 않으며, 볏짚이 벽돌로 둔갑한 곳들의 작가들에게 주어지지 않은 기회를 가지고 시작한다.

존 밀링턴 싱. 1907년 1월 21일.

차례

서부지방 제일의 사나이

THE PLAYBOY OF THE WESTERN WORLD

PERSONS

CHRISTOPHER MAHON

OLD MAHON, his father, a squatter.

MICHAEL JAMES FLAHERTY (called MICHAEL JAMES), a publican.

MARGARET FLAHERTY (called PEGEEN MIKE), his daughter.

WIDOW QUIN, a woman of about thirty.

SHAWN KEOGH, her cousin, a young farmer.

PHILLY CULLEN AND JIMMY FARRELL, small farmers.

SARA TANSEY, SUSAN BRADY, AND HONOR BLAKE, village girls.

A BELLMAN

SOME PEASANTS

* The action takes place near a village, on a wild coast of Mayo. The first Act passes on an evening of autumn, the other two Acts on the following day.

등장인물

크리스토퍼 마흔

아버지 마흔, 그의 부친, 불법점유자.

마이클 제임스 플라허티(마이클 제임스라고 불린다), 술집주인.

마가렛 플라허티(페긴 마이크라고 불린다), 그의 딸.

과부 퀸, 30살 가량의 여성.

숀 키오그, 그녀의 사촌, 젊은 농부.

필리 컬렌과 지미 파렐, 소작농들.

사라 탠지, 수잔 브레이디, 오너 블레이크, 마을 처녀들.

야경꾼

농부들

* 사건은 메이요의 거친 해변 마을 근처에서 시작된다. 1막은 어느 가을 저녁의 일이고, 2, 3막은 그 다음 날이다.

ACT I

SCENE: [Country public-house or shebeen,[1] very rough and untidy. There is a sort of counter on the right with shelves, holding many bottles and jugs, just seen above it. Empty barrels stand near the counter. At back, a little to left of counter, there is a door into the open air, then, more to the left, there is a settle[2] with shelves above it, with more jugs, and a table beneath a window. At the left there is a large open fire-place, with turf fire, and a small door into inner room. Pegeen, a wild looking but fine girl, of about twenty, is writing at table. She is dressed in the usual peasant dress.]

PEGEEN —[slowly as she writes.]— Six yards of stuff for to make a yellow gown. A pair of lace boots with lengthy heels on them and brassy eyes. A hat is suited for a wedding-day. A fine tooth comb. To be sent with three barrels of porter[3] in Jimmy Farrell's creel cart[4] on the evening of

---

1) shebeen = 길 가의 싸구려 술집.
2) settle = 등받이가 있고 아래에 서랍이 있는 벤치.
3) porter = 흑맥주.
4) creel cart = 고리버들로 만든 임시 등받이와 옆 난간이 있는 마차.

1막

장면: [매우 초라하고 지저분한 시골주막. 오른쪽에 카운터 비슷한 것이 있고 그 위로 병과 술잔이 많이 있는 선반들이 보인다. 카운터 근방에 빈 술통들이 있고, 그 왼쪽 뒤로 밖으로 나가는 문이 있다. 더 왼쪽으로 긴 나무의자가 있고, 그 위에 맥주잔이 진열된 선반이 있으며 창문 아래 테이블이 있다. 왼쪽에 토탄이 타고 있는, 문이 없는 큰 벽난로가 있고, 내실로 들어가는 작은 문이 있다. 거칠어 보이지만 예쁜 스무 살 가량의 처녀 페긴이 테이블에서 뭔가를 쓰고 있다. 그녀는 보통 농부 차림이다.]

페긴 ─[뭔가를 쓰면서 천천히.]─ 노란색 가운 감 6야드. 굽이 높고 황동 고리가 달린 레이스 부츠 한 켤레. 결혼식 날엔 모자를 써야 제격이지. 이가 촘촘한 빗. 다음 장날 저녁때 포도주 세 통과 함께 지미 파렐 씨 마차에 실어 마이클 제임스 플라허티 씨에게 보내주

the coming Fair[5] to Mister Michael James Flaherty. With the best compliments of this season. Margaret Flaherty.

SHAWN —[a fat and fair young man comes in as she signs, looks round awkwardly, when he sees she is alone.]— Where's himself?

PEGEEN —[without looking at him.]— He's coming. (She directs the letter.) To Mister Sheamus Mulroy, Wine and Spirit Dealer, Castlebar[6].

SHAWN —[uneasily.]— I didn't see him on the road.

PEGEEN How would you see him (licks stamp and puts it on letter) and it dark night this half hour gone by?

SHAWN —[turning towards the door again.]— I stood a while outside wondering would I have a right to pass on or to walk in and see you, Pegeen Mike (comes to fire), and I could hear the cows breathing, and sighing in the stillness of the air, and not a step moving any place from this gate to the bridge.

PEGEEN —[putting letter in envelope.]— It's above[7] at the cross-roads he is, meeting Philly Cullen; and a couple more are going along with him to Kate Cassidy's wake[8].

SHAWN —[looking at her blankly.]— And he's going that length in the dark night?

---

5) Fair = 매월 열리는 농부시장.
6) Castlebar = 메이요 카운티의 큰 마을.
7) above = up there. 저 위에.
8) wake = 경야. 아일랜드의 장례풍습으로 매장 전날의 기도, 음주 및 여흥.

세요. 이 계절 최고의 찬사를 드립니다. 마가렛 플라허티.

손 　—[페긴이 서명을 하는데 뚱뚱하고 잘생긴 청년이 들어와 그녀가 혼자 있는 것을 보곤 어색하게 둘러본다.]—아버님은 어디 계시지요?

페긴 　—[그를 쳐다보지도 않고.]—오고 계셔요. [편지의 수취인을 쓴다.] 캐슬바의 주류 대리점, 시머스 멀로이 씨 귀하.

손 　—[불편한 듯]—오는 길에 못 봤는걸요.

페긴 　아버지를 어떻게 본다는 거예요(우표에 침을 묻혀서 편지에 붙인다.), 날이 캄캄해진지 반 시간이나 지났는데?

손 　—[문을 향해 다시 돌아서며]—밖에서 한동안 서서 그냥 지나갈까 아니면 당신을 보러 들어올까 생각했어요, 페긴 마이크. (불 가까이 간다.) 적막한 가운데 소들이 숨을 쉬는 소리가 들릴 뿐 이 집에서 다리까지 개미새끼 한 마리도 움직이지 않아요.

페긴 　—[편지를 봉투에 넣으며.]—아버지는 저 위 네거리에서 필리 컬렌 씨를 만나고 계셔요. 두어 사람 더 아버지랑 함께 케이트 캐시디 문상을 갈 예정이죠.

손 　—[페긴을 멍하니 바라보며.]—캄캄한 밤에 그 먼 거리를 가신다구요?

PEGEEN —[impatiently.] He is surely, and leaving me lonesome on the scruff[9] of the hill. (She gets up and puts envelope on dresser, then winds clock.) Isn't it long the nights are now, Shawn Keogh, to be leaving a poor girl with her own self counting the hours to the dawn of day?

SHAWN —[with awkward humour.] — If it is, when we're wedded in a short while you'll have no call[10] to complain, for I've little will to be walking off to wakes or weddings in the darkness of the night.

PEGEEN —[with rather scornful good humour.] — You're making mighty certain, Shaneen[11], that I'll wed you now.

SHAWN Aren't we after making a good bargain[12], the way we're only waiting these days on Father Reilly's dispensation[13] from the bishops, or the Court of Rome.

PEGEEN —[looking at him teasingly, washing up at dresser.[14]] — It's a wonder, Shaneen, the Holy Father'd[15] be taking notice of the likes of you; for if I was him I wouldn't bother with this place where you'll meet none but Red Linahan, has a squint in his eye, and Patcheen is lame in his heel, or the mad Mulrannies were driven from California and they lost in their wits. We're a queer lot these times to go troubling the Holy Father on his sacred seat.

---

9) scruff = back. 뒤, 너머.
10) call = need. 필요.
11) Shaneen = little Shawn. 꼬마 숀.
12) bargain = 결혼을 위한 양가의 계약과 거래.
13) dispensation = 6촌간의 혼인금지 규정을 해제하는 교회의 허가.
14) dresser = 찬장.
15) Holy Father = 교황.

페긴 　―[참지 못하고] 그렇다니까요. 이 언덕 너머에 나를 혼자 남겨놓고 말이죠. (일어나서 봉투를 옷장 위에 놓고 시계의 태엽을 감는다.) 숀 키오그 씨, 처녀의 몸으로 날이 샐 때까지 기다리기엔 밤이 너무 길지 않아요?

손 　―[어색한 농담을 한다.] 하지만 우리가 곧 결혼하면 당신은 더 이상 걱정할 필요 없을 거예요. 왜냐하면 나는 어두운 밤에 상가나 결혼식에 갈 생각이 거의 없으니까요.

페긴 　―[약간 빈정거리듯 유쾌하게] ―꼬마 손씨, 내가 당신이랑 결혼할 거라고 확신하는 군요.

손 　우린 이미 거래를 끝냈고 이제는 혼인허가서가 주교나 로마 교황청에서 라일리 신부님께 오기만을 기다고 있잖아요.

페긴 　―[설거지를 하며 장난스럽게 그를 바라보며] ―꼬마 손 씨, 교황님은 당신 같은 사람한테 아무 관심 없어요. 만약 내가 교황이라면, 이런 곳은 거들떠보지도 않을걸요. 만나는 사람이라곤 사팔뜨기 레드 리나한, 발뒤꿈치를 절뚝거리는 패친, 실성했다고 캘리포니아에서 추방당한 정신병자 멀라니 가족뿐이잖아요. 우리가 감히 성스러운 자리에 앉아계신 교황님을 번거롭게 하다니 말도 안 되죠.

SHAWN — [scandalized.] If we are, we're as good this place as another, maybe, and as good these times as we were for ever.

PEGEEN — [with scorn.] — As good, is it? Where now will you meet the like of Daneen Sullivan knocked the eye from a peeler[16], or Marcus Quin, God rest him, got six months for maiming ewes[17], and he a great warrant[18] to tell stories of holy Ireland till he'd have the old women shedding down tears about their feet. Where will you find the like of them, I'm saying?

SHAWN — [timidly.] If you don't it's a good job, maybe; for (with peculiar emphasis on the words) Father Reilly has small conceit[19] to have that kind walking around and talking to the girls.

PEGEEN — [impatiently, throwing water from basin out of the door.] — Stop tormenting me with Father Reilly (imitating his voice) when I'm asking only what way[20] I'll pass these twelve hours of dark, and not take my death with the fear. [Looking out of door.]

SHAWN — [timidly.] Would I fetch you the widow Quin, maybe?

PEGEEN Is it the like of that murderer? You'll not, surely.

---

16) peeler = policeman. 경찰관.

17) maiming ewes = 토지전쟁(1879-82) 시절 지주에게 복수하기 위해 양을 해치던 방법.

18) warrant = talent. 재주.

19) small conceit = little inclination. 별로 좋아하지 않는다.

20) what way = how. 어떻게.

손   ─[분개하여] 하지만 우리 마을도 다른 곳 못잖게 좋은 곳이고, 대대로 착한 사람들이었다구요.

페긴 ─[비웃으며] ─ 착하다구요? 경찰관의 눈을 밤탱이로 만든 설리반이나 양을 죽인 죄로 6개월 감옥살이를 한, 하느님, 편히 쉬게 하소서, 마커스 퀸 같은 사람을 요즘 어디서 만날 수 있지요? 그 사람 대단한 이야기꾼이어서 신성한 아일랜드 이야기를 하면 나이든 아줌마들이 눈물을 철철 흘리지요. 그런 사람들을 어디서 만난다는 거지요?

손   ─[소심하게] 만날 수 없으면 다행이지요. (말에 독특하게 힘을 주어) 라일리 신부님은 그런 사람들이 돌아다니며 아가씨들에게 수작을 거는 걸 좋아하지 않으세요.

페긴 ─[짜증스럽게 대야의 물을 밖으로 버리며] ─ 나는 (손의 목소리를 흉내 내며) 어떻게 어두움 속에서 무서워 덜덜 떨며 열두 시간을 보낼지 묻고 있는데 라일리 신부님 얘기로 짜증나게 하지 말아요.

손   ─[소심하게] 그럼 내가 가서 과부 퀸을 데려올까요?

페긴 그 살인자 말인가요? 관두세요.

SHAWN   —[going to her, soothingly.] — Then I'm thinking himself will stop along with you when he sees you taking on, for it'll be a long night-time with great darkness, and I'm after feeling a kind of fellow above in the furzy ditch,[21] groaning wicked like a maddening[22] dog, the way[23] it's good cause you have, maybe, to be fearing now.

PEGEEN   —[turning on him sharply.] — What's that? Is it a man you seen?

SHAWN   —[retreating.] I couldn't see him at all; but I heard him groaning out, and breaking his heart. It should have been a young man from his words speaking.

PEGEEN   —[going after him.] — And you never went near to see was he hurted or what ailed him at all?

SHAWN   I did not, Pegeen Mike. It was a dark, lonesome place to be hearing the like of him.

PEGEEN   Well, you're a daring fellow, and if they find his corpse stretched above in the dews of dawn, what'll you say then to the peelers, or the Justice of the Peace?

SHAWN   —[thunderstruck.] I wasn't thinking of that. For the love of God, Pegeen Mike, don't let on I was speaking of him. Don't tell your father and the men is coming above; for if they heard that story, they'd have great blabbing this night at the wake.

PEGEEN   I'll maybe tell them, and I'll maybe not.

---

21) furzy ditch = 가시금작화가 무성한 둑.
22) maddening = going mad. 미쳐가는.
23) the way = so that. 그래서, 그리하여.

손   ―[가까이 가며 달래듯이]―당신이 혼자 있는 걸 보시면 아버님이
      함께 계셔 주실 거예요. 밤은 아주 캄캄하고 길 테니까요. 게다가
      당신이 무서워하는 게 당연한 게, 저 위 가시금작화 도랑에 어떤
      남자가 미친개처럼 괴상한 신음소리를 내고 있는 거 같았어요.

페긴   ―[그에게 획 돌아서며]―뭐라구요? 남자를 봤다구요?

손   ―[물러서며] 보지는 못했어요, 전혀. 괴로워하며 신음소리를 내는
      것을 들었죠. 말소리를 들으니 젊은 사람이 틀림없어요.

페긴   ―[그를 따라가며]―그런데 그 사람이 다쳤는지, 또는 어디가 아픈
      지 알아보려고 가까이 가보지도 않았단 말인가요?

손   안 가봤어요, 페긴 마이크. 어둡고 외딴 곳에서 그런 사람 소리를
      들으니 무서웠어요.

페긴   당신은 겁도 없군요. 만약 그 사람 시체가 새벽이슬을 맞은 채로
      발견되면 경찰이나 판사에게 뭐라고 할 건가요?

손   [소스라치게 놀라서] 그 생각은 못했어요. 페긴 마이크, 하느님의 사
      랑을 위하여, 제발 내가 그 사람 이야기를 했다고 아무에게도 말
      하지 마세요. 아버지랑 이리 오는 사람들에게도 말하지 마세요.
      만약 그 이야기를 들으면 그 사람들 오늘밤 상가에서 엄청 떠들
      어댈 겁니다.

페긴   말할까요, 말까요.

SHAWN   They are coming at the door, Will you whisht,[24] I'm saying?

PEGEEN   Whisht yourself.

[She goes behind counter. Michael James, fat jovial publican, comes in followed by Philly Cullen, who is thin and mistrusting, and Jimmy Farrell, who is fat and amorous, about forty-five.]

MEN   ─[together.]─ God bless you. The blessing of God on this place.

PEGEEN   God bless you kindly.

MICHAEL ─[to men who go to the counter.]─ Sit down now, and take your rest. (Crosses to Shawn at the fire.) And how is it you are, Shawn Keogh? Are you coming over the sands to Kate Cassidy's wake?

SHAWN   I am not, Michael James. I'm going home the short cut to my bed.

PEGEEN   ─[speaking across the counter.]─ He's right too, and have you no shame, Michael James, to be quitting off[25] for the whole night, and leaving myself lonesome in the shop?

MICHAEL ─[good-humouredly.] Isn't it the same whether I go for the whole night or a part only? and I'm thinking it's a queer daughter you are if you'd have me crossing backward[26] through the Stooks of the Dead Women,[27] with a drop taken.

---

24) whisht = be silent. 조용히 해.

25) quitting off = going away. 가버리다.

26) crossing backward = coming back. 돌아오다.

27) Stooks of the Dead Women = foreshore rocks. 여인들의 머릿단을 닮았다고 하여 배 난파사고 이후 해안의 바위에 붙여진 이름.

숀 사람들이 문까지 왔어요. 말하지 마세요.

페긴 당신이나 말하지 마세요.

[그녀는 카운터 뒤로 간다. 뚱뚱하고 쾌활한 술집주인 마이클 제임스가 들어오고, 마르고 의심 많은 필리 컬렌과 뚱뚱하고 여자를 밝히는 마흔 다섯 가량의 지미 파렐이 따라 들어온다.]

남자들 ─[다같이]─하느님이 당신을 축복하시기를. 이 집에 하느님의 축복이 내리기를.

페긴 하느님이 당신을 축복하시기를.

마이클 ─[카운터로 가는 사람들에게]─앉아서 쉬게나. (벽난로 가의 숀에게 간다.) 숀 키오그, 잘 지냈나? 자네는 백사장을 걸어서 케이트 캐시디 상가에 갈 건가?

숀 아니오, 마이클 제임스 씨. 저는 곧장 집에 가서 침대로 골인할 겁니다.

페긴 ─[카운터 너머로 말하며.]─저 사람 말이 맞아요. 아빠는 나를 가게에 홀로 남겨둔 채 밤새도록 밖에 나가 있는 게 부끄럽지도 않아요?

마이클 ─[넉살좋게] 내가 밤새 나가 있으나 잠시 나가 있으나 그게 그거 아닌가? 내 딸이 내가 술 한 잔 걸치고 죽은 여자들 머리카락 바위들을 지나오기를 바란다면 그게 이상한 거지.

PEGEEN   If I am a queer daughter, it's a queer father'd be leaving me lonesome these twelve hours of dark, and I piling the turf with the dogs barking, and the calves mooing, and my own teeth rattling with the fear.

JIMMY   —[flatteringly.]— What is there to hurt you, and you a fine, hardy girl would knock the head of any two men in the place?

PEGEEN   —[working herself up.]— Isn't there the harvest boys[28] with their tongues red for drink, and the ten tinkers[29] is camped in the east glen, and the thousand militia[30] — bad cess[31] to them! — walking idle through the land. There's lots surely to hurt me, and I won't stop alone in it, let himself do what he will.

MICHAEL   If you're that afeard, let Shawn Keogh stop along[32] with you. It's the will of God, I'm thinking, himself should be seeing to you now. [They all turn on Shawn.]

SHAWN   —[in horrified confusion.]— I would and welcome,[33] Michael James, but I'm afeard of Father Reilly; and what at all would the Holy Father and the Cardinals of Rome be saying if they heard I did the like of that?

---

28) harvest boys = 스코틀랜드나 영국에서 추수일을 마치고 돌아온 이주노동자들.
29) tinkers = 떠돌이 땜쟁이들.
30) militia = 영국군 부대.
31) bad cess = bad luck.
32) stop = stay. stop along = 함께 있다.
33) would and welcome = would gladly. 기꺼이 하지요.

페긴　내가 이상한 딸이라면 아버지도 이상한 아버지죠. 나는 개가 짖고 송아지 우는 어둠 속에서 이를 달달 떨며 토탄을 집어넣는데, 나를 열두 시간 동안 어둠 속에 혼자 내버려두다니.

지미　―[비위를 맞추며]―누가 너를 해치겠어? 남자 두 명쯤은 단번에 머리통을 날려버릴 정도로 아주 힘 좋은 아가씨인데.

페긴　―[흥분해서]―술 먹고 싶어 환장한 추수꾼들, 동쪽 골짜기에 야영하고 있는 여남은 명의 떠돌이 땜쟁이들, 온 나라를 휘젓고 다니는 수많은―빌어먹을!―영국군들이 있지 않나요? 나를 해칠 사람들은 이렇게 많은데, 아버지는 마음대로 돌아다니고 나는 집에 혼자 있을 순 없지요.

마이클　그렇게 무섭거든 숀 키오그와 함께 있도록 해라. 숀이 이제 너를 돌보는 것이 신의 뜻이라고 생각되는구나. [모두 숀을 향한다.]

숀　―[두려움으로 혼란스러워하며]―마이클 제임스 씨, 저도 기꺼이 그러고 싶어요. 그런데 저는 라일리 신부님이 무섭거든요. 내가 그런 짓을 하면 교황님과 로마 주교님들이 뭐라고 하시겠어요?

MICHAEL　　　―[with contempt.]― God help you! Can't you sit in by the hearth with the light lit and herself[34] beyond in the room? You'll do that surely, for I've heard tell there's a queer fellow above, going mad or getting his death, maybe, in the gripe[35] of the ditch, so she'd be safer this night with a person here.

SHAWN　　　―[with plaintive despair.]― I'm afeard of Father Reilly, I'm saying. Let you not be tempting me, and we near married itself.[36]

PHILLY　　　―[with cold contempt.]― Lock him in the west room.[37] He'll stay then and have no sin to be telling to the priest.

MICHAEL　　　―[to Shawn, getting between him and the door.]― Go up now.[38]

SHAWN　　　―[at the top of his voice.]― Don't stop me, Michael James. Let me out of the door, I'm saying, for the love of the Almighty God. Let me out (trying to dodge past him). Let me out of it, and may God grant you His indulgence[39] in the hour of need.

MICHAEL　　　―[loudly.] Stop your noising, and sit down by the hearth. [Gives him a push and goes to counter laughing.]

SHAWN　　　―[turning back, wringing his hands.]― Oh, Father Reilly and the saints of God, where will I hide myself to-day?

---

34) herself = while she is. 페긴이 ~하는 동안.
35) gripe = hollow. 웅덩이.
36) and we near married itself = even though we are about to be married. 우리가 곧 결혼할 것이지 만.
37) west room = 노인이 거하거나 집안의 오래된 물건을 보관하는 가옥의 서쪽 부분.
38) Go up now = 화로로 돌아가게나.
39) Indulgence = remission of punishment. 처벌의 경감.

마이클 　－[경멸조로]－하느님이 자네를 도와주시기를! 자네는 불을 켜놓고 난로 가에 앉아 있고, 저 애는 안에 들어가 방에 있으면 되지 않나? 꼭 그렇게 해주게나. 왜냐하면 저 위 도랑 웅덩이에 미쳤거나 아니면 죽어가고 있는 이상한 사람이 있다는 말을 들었어. 이런 밤에는 누군가가 함께 있어줘야 더 안전할거야.

손 　　－[절망적이라는 듯 우는 소리로] 전 라일리 신부님이 무섭다니까요. 우리는 곧 결혼할텐데, 절 시험에 빠지게 하지 마세요.

필리 　－[차갑게 경멸하듯]－저 친구를 서쪽 방에 감금해버려. 그러면 여기 머물러도 신부님에게 말할 죄가 없을 테니.

마이클 　－[손과 문 사이로 가서 손에게]－자리로 돌아가게나.

손 　　－[큰 소리로]－저를 막지 마세요, 마이클 제임스 씨. 전능하신 하나님의 이름으로 제발 저를 밖으로 내보내 주세요. 나가게 해주세요. [마이클 제임스를 피하면서] 저를 나가게 해주시면 당신이 필요할 때 하느님이 자비를 베푸실 거예요.

마이클 　－[큰소리로] 조용히 하게. 그리고 난로 가에 앉아. [그를 밀친 다음 웃으며 카운터로 간다.]

손 　　－[손을 쥐어짜며 돌아선다.]－오, 라일리 신부님, 그리고 성자님들이시여! 저는 오늘 어디에 숨어야 하나요?

Oh, St. Joseph and St. Patrick and St. Brigid,[40] and St. James, have mercy on me now! [Shawn turns round, sees door clear, and makes a rush for it.]

MICHAEL —[catching him by the coattail.] — You'd be going, is it?

SHAWN —[screaming.] Leave me go, Michael James, leave me go, you old Pagan, leave me go, or I'll get the curse of the priests on you,[41] and of the scarlet-coated bishops[42] of the courts of Rome. [With a sudden movement he pulls himself out of his coat, and disappears out of the door, leaving his coat in Michael's hands.]

MICHAEL —[turning round, and holding up coat.] — Well, there's the coat of a Christian man. Oh, there's sainted glory this day in the lonesome west; and by the will of God I've got you a decent man, Pegeen, you'll have no call to be spying after if you've a score of young girls, maybe, weeding in your fields.

PEGEEN [taking up the defence of her property.] — What right have you to be making game[43] of a poor fellow for minding[44] the priest, when it's your own the fault is, not paying a penny pot-boy[45] to stand along with me and give me courage in the doing of my work? [She snaps the coat away from him, and goes behind counter with it.]

---

40) St. Brigid = 킬데어의 브리지다 수녀원장. 성 파트리치오, 성 골룸바와 함께 아일랜드의 공동 수호성인 이다.

41) curse of the priests = 천주교 성직자들은 특별한 능력이 있다고 믿어졌다.

42) scarlet-coated = 천주교 추기경의 붉은 복식.

43) making game = making fun. 놀리다.

44) minding = paying attention to, obeying. ~에 신경 쓰다. ~의 말에 순종하다.

45) penny pot-boy = 주막 청소 도우미.

성 요셉님, 성 패트릭님, 성 브리지드님, 성 야고보님, 저에게 자비를 베푸소서! [돌아서서 문에 아무도 없는 것을 보자 그쪽으로 달려간다.]

마이클 　　ー[그의 코트자락을 잡으며]ー가려고?

손 　　ー[소리를 지르며] 전 가겠어요, 마이클 제임스 씨. 늙은 이교도 같으니, 절 가게 해주세요, 절 가게 해주세요. 절 막으면 성직자들과 진홍빛 법복 차림의 로마교회 주교들의 저주가 당신에게 내리게 하겠어요. [민첩한 동작으로 외투에서 몸을 빼더니 외투를 마이클 제임스의 손에 남겨둔 채 문 밖으로 사라져버린다.]

마이클 　　ー[돌아서서 외투를 들어올리며]ー자, 크리스찬의 외투를 보시게들. 오늘 이 외딴 서부지방에 영광스런 성자가 나타나셨다. 페긴, 하느님의 뜻에 따라 난 너에게 훌륭한 배필을 맞추어주었다. 너희 밭에서 스무 명의 아가씨들이 김을 매고 있어도 넌 전혀 감시할 필요가 없을 거야.

페긴 　　[자기 재산을 보호하는 자세로]ー잘못은 내가 무서워하지 않고 일하도록 옆에서 용기를 줄 임금 1페니짜리 사환도 쓰지 않는 아버지에게 있는데 왜 신부님 말에 순종하는 착한 사람을 놀리는 거죠?

MICHAEL — [taken aback.] — Where would I get a pot-boy? Would you have me send the bell-man[46] screaming in the streets of Castlebar?

SHAWN — [opening the door a chink and putting in his head, in a small voice.] — Michael James!

MICHAEL — [imitating him.] — What ails you?

SHAWN The queer dying fellow's beyond looking over the ditch. He's come up, I'm thinking, stealing your hens. (Looks over his shoulder.) God help me, he's following me now (he runs into room), and if he's heard what I said, he'll be having my life, and I going home lonesome in the darkness of the night. [For a perceptible moment they watch the door with curiosity. Some one coughs outside. Then Christy Mahon, a slight young man, comes in very tired and frightened and dirty.]

CHRISTY — [in a small voice.] — God save all here!

MEN God save you kindly.

CHRISTY — [going to the counter.] — I'd trouble you for a glass of porter, woman of the house. [He puts down coin.]

PEGEEN — [serving him.] — You're one of the tinkers, young fellow, is beyond camped in the glen?

CHRISTY I am not; but I'm destroyed[47] walking.

MICHAEL — [patronizingly.] Let you come up then to the fire. You're looking famished[48] with the cold.

---

46) bell-man = town crier. 마을 관리.
47) destroyed = half killed. 기진맥진하다.
48) famished = dying. 죽어가다.

마이클	―[놀라서]―어디서 사환을 구한다는거니? 마을관리에게 캐슬바의 거리를 외치며 다니게 하라는 거니?
숀	―[문을 빼꼼히 열고 머리를 디밀더니 작은 소리로]―마이클 제임스 씨!
마이클	―[그를 흉내내며]―무슨 일인가?
숀	그 이상한 죽어가는 사람이 도랑 건너편에서 이쪽을 바라보고 있어요. 닭을 훔치러 온 거겠죠. [어깨 너머로 본다.] 하느님 도와주소서, 그 사람이 따라오고 있어요. [방으로 달려 들어간다.] 만약 그 사람이 내 말을 들었다면 나를 죽이려 할 테고, 나는 어두운 밤을 혼자서 집에 가야 하겠죠. [잠시 동안 사람들은 호기심으로 문을 바라본다. 누군가가 밖에서 기침을 한다. 그리고 가냘픈 청년 크리스티 마흔이 남루한 차림에 피곤하고 겁에 질린 모습으로 들어온다.]
크리스티	―[작은 목소리로]―모두 구원받으소서!
사람들	자네도 구원을 받게나!
크리스티	―[카운터로 가며.]―주인여자분, 수고스럽지만 맥주 한 잔 주세요. [동전을 내려놓는다.]
페긴	―[그를 맞으며] 당신은 저 너머 계곡에서 야영하고 있는 집시들 중 한 사람인가요?
크리스티	아니요. 걸었더니 피곤해 죽겠어요.
마이클	―[친절한 척하며.] 이리 불 가까이 오게나. 추워서 온몸이 얼었군.

CHRISTY   God reward you. (He takes up his glass and goes a little way across to the left, then stops and looks about him.) Is it often the police do be coming into this place, master of the house?

MICHAEL   If you'd come in better hours, you'd have seen "Licensed for the sale of Beer and Spirits, to be consumed on the premises," written in white letters above the door, and what would the polis[49] want spying on me, and not a decent house within four miles, the way every living Christian is a bona fide,[50] saving one widow alone?

CHRISTY   —[with relief.]— It's a safe house, so. [He goes over to the fire, sighing and moaning. Then he sits down, putting his glass beside him and begins gnawing a turnip, too miserable to feel the others staring at him with curiosity.]

MICHAEL   —[going after him.]— Is it yourself fearing the polis? You're wanting,[51] maybe?

CHRISTY   There's many wanting.

MICHAEL   Many surely, with the broken[52] harvest and the ended wars.[53] (He picks up some stockings, etc., that are near the fire, and carries them away furtively.) It should be larceny, I'm thinking?

CHRISTY   —[dolefully.] I had it in my mind it was a different word and a bigger.

---

49) polis = police. 경찰.
50) bona fide = 3마일 이상의 진짜 여행객은 주막에서 언제든지 술을 살 수 있는 권한이 있었다.
51) wanting = wanted by the law. 경찰이 수배중이다.
52) broken = bad. 작황이 나쁜.
53) ended wars = 토지전쟁과 보어전쟁(1899-1902).

크리스티	복 받으세요. [술잔을 들고 홀을 가로질러 왼쪽으로 가더니 멈추고 주위를 둘러본다.] 주인어르신. 이 집에 경찰이 자주 들르나요?
마이클	날 밝을 때 왔더라면 문 위에 흰 글씨로 쓰인 "주류 판매 및 소비 허가증"을 보았을 걸세. 그리고 여기서 4마일 내에는 변변한 가옥 한 채 없고, 과부 한 사람 빼고 모두가 여행객인데 뭐 하러 경찰이 우리를 감시한단 말인가?
크리스티	―[안심하고.]― 그럼 안전한 집이군요. [한숨과 신음소리를 내며 불 가로 간다. 그리곤 술잔을 옆에 놓고 앉아서 너무 비참한 기분에 남들이 호기심으로 바라보고 있는 것도 느끼지 못하고 무를 베어 먹는다.]
마이클	―[그에게 다가가]―자네는 경찰이 두렵나? 혹시 수배중인가?
크리스티	수배중인 사람은 많죠.
마이클	수확도 좋지 않았고 전쟁도 끝났으니 분명 많겠지. [불 가까이 있는 양말들을 집어 은밀하게 치워놓는다.] 혹시 절도인가?
크리스티	―[슬프게.] 다른 거 같은데요. 더 쎈 거요.

PEGEEN	There's a queer lad. Were you never slapped in school, young fellow, that you don't know the name of your deed?
CHRISTY	—[bashfully] I'm slow at learning, a middling scholar[54] only.
MICHAEL	If you're a dunce itself, you'd have a right to know that larceny's robbing and stealing. Is it for the like of that you're wanting?
CHRISTY	—[with a flash of family pride.]— And I the son of a strong[55] farmer (with a sudden qualm), God rest his soul, could have bought up the whole of your old house a while since, from the butt of his tailpocket,[56] and not have missed the weight of it gone.
MICHAEL	—[impressed.] If it's not stealing, it's maybe something big.
CHRISTY	—[flattered.] Aye; it's maybe something big.
JIMMY	He's a wicked-looking young fellow. Maybe he followed after a young woman on a lonesome night.
CHRISTY	—[shocked.] Oh, the saints forbid, mister; I was all times a decent lad.
PHILLY	—[turning on Jimmy.]— You're a silly man, Jimmy Farrell. He said his father was a farmer a while since, and there's himself now in a poor state. Maybe the land was grabbed[57] from him, and he did what any decent man would do.

---

54) scholar = schoolboy. 학생.

55) strong = wealthy. 부유한.

56) tailpocket = 연미복 뒷주머니.

57) grabbed = 쫓겨난 소작농의 토지를 점거하는 행위로서 토지전쟁(The Land War) 중 토지연맹(Land League)이 집중적으로 중점적으로 한 일이다.

| 페긴 | 이상한 사람이군요. 자기가 한 일이 뭔지도 모르다니 당신은 학교에 다닌 적도 없나요? |

페긴 이상한 사람이군요. 자기가 한 일이 뭔지도 모르다니 당신은 학교에 다닌 적도 없나요?

크리스티 —[수줍게] 전 배우는 게 더디죠. 공부엔 잼병이었죠.

마이클 혹시 자네가 바보라면, 절도란 남의 것을 강탈하거나 훔치는 행위라는 걸 알아두게. 그런 것 때문에 쫓기는 건가?

크리스티 —[가문의 자존심이 있다는 듯]—전 부유한 농부(갑자기 거북한 듯)의 아들이었어요, 아버지 편히 쉬소서. 얼마 전만 해도 아버지 바지 뒷주머니 돈으로 아저씨 집 전부를 사고도 돈이 남을 정도였어요.

마이클 —[감동받아서.] 절도가 아니라면 뭔가 큼직한 것이군.

크리스티 —[기분이 좋아져서] 네. 아마도 좀 클 거예요.

지미 젊은 친구가 인상이 험악해. 아마도 으슥한 밤중에 젊은 여자를 따라간 거지.

크리스티 —[놀라서] 그럴 리가요. 저는 늘 점잖았어요.

필리 —[지미에게 돌아서며]—자넨 실없는 친구야, 지미 파렐. 저 친구 아버지가 얼마 전까지 농부였는데 지금은 어려운 처지에 있다지 않은가. 아마 땅을 빼앗기고 나서 뭔가 일을 저지른 거겠지.

MICHAEL	—[to Christy, mysteriously.]— Was it bailiffs?[58]
CHRISTY	The divil a one.[59]
MICHAEL	Agents?[60]
CHRISTY	The divil a one.
MICHAEL	Landlords?
CHRISTY	—[peevishly.] Ah, not at all, I'm saying. You'd see the like of them stories on any little paper of a Munster[61] town. But I'm not calling to mind any person, gentle, simple,[62] judge or jury, did the like of me. [They all draw nearer with delighted curiosity.]
PHILLY	Well, that lad's a puzzle-the-world.[63]
JIMMY	He'd beat Dan Davies' circus, or the holy missioners[64] making sermons on the villainy of man. Try him again, Philly.
PHILLY	Did you strike golden guineas out of solder,[65] young fellow, or shilling coins itself?
CHRISTY	I did not, mister, not sixpence nor a farthing[66] coin.
JIMMY	Did you marry three wives maybe? I'm told there's a sprinkling have done that among the holy Luthers[67] of the preaching north.

---

58) bailiffs = 세무서 직원, 또는 지주 대리인.
59) devil a one = none. 아니요.
60) agents = 지주의 소송대리인.
61) Munster = 아일랜드 남서부 지방.
62) gentle, simple = high or low class. 상류층이나 하류층.
63) puzzle-the-world = total enigma. 완벽한 미스터리.
64) holy missioners = 가톨릭 성직자들.
65) strike golden guineas out of solder = 화폐를 위조하다.
66) farthing = 4분의 1페니.
67) holy Luthers = 장로교인들.

마이클	―[은근하게 크리스티에게] ― 지주대리인이었나?
크리스티	아니요.
마이클	지주 소송대리인인가?
크리스티	아니요.
마이클	지주들인가?
크리스티	―[짜증스러워하며.] 전혀 아니라니까요. 그런 이야기들은 먼스터 읍의 아무 신문에서나 흔히 볼 수 있지요. 제 생각에 상류층이나 하류층, 판사나 배심원 어느 누구도 나와 비슷한 일을 한 적이 없을 겁니다. [모두 호기심으로 즐거워하며 가까이 다가선다.]
필리	참 수수께끼 같은 청년이로군.
지미	저 친구는 댄 데이비스 서커스단이나 인간의 사악함에 관한 설교를 하는 성직자들보다 더 재미있을 것 같아. 필리, 다시 한 번 물어봐.
필리	젊은 친구! 자네가 위조지폐나 동전을 만들기라도 했단 말인가?
크리스티	아저씨, 아녜요. 6펜스짜리 동전은커녕 4분의 1페니 동전도 만들지 않았어요.
지미	자네가 세 명의 부인과 결혼이라도 했나? 북부지방 장로교인들 사이에 그런 사람이 몇 있다고 들었네.

CHRISTY —[shyly.] — I never married with one, let alone with a couple or three.

PHILLY Maybe he went fighting for the Boers,[68] the like of the man beyond,[69] was judged to be hanged, quartered and drawn.[70] Were you off east, young fellow, fighting bloody wars for Kruger[71] and the freedom of the Boers?

CHRISTY I never left my own parish till Tuesday was a week.[72]

PEGEEN —[coming from counter.] — He's done nothing, so. (To Christy.) If you didn't commit murder or a bad, nasty thing, or false coining, or robbery, or butchery, or the like of them, there isn't anything that would be worth your troubling for to run from now. You did nothing at all.

CHRISTY —[his feelings hurt.] — That's an unkindly thing to be saying to a poor orphaned traveller, has a prison behind him, and hanging before, and hell's gap gaping below.

PEGEEN [with a sign to the men to be quiet.] — You're only saying it. You did nothing at all. A soft lad the like of you wouldn't slit the windpipe of a screeching sow.

CHRISTY —[offended.] You're not speaking the truth.

PEGEEN —[in mock rage.] — Not speaking the truth, is it? Would you have me knock the head of you with the butt of the broom?

---

68) 남아프리카공화국의 전쟁에서 아일랜드 군대가 영국군과 맞서 싸운 적이 있다.

69) the man beyond = 보어전쟁에서 교수형 선고를 받은 존 맥브라이드 소령.

70) quartered and drawn = 1870년까지 영국에서 반역죄의 처형은 내장을 들어내는 것과 사지를 찢는 것이 포함되었다고 함.

71) Kruger = Stephen Kruger. 보어반란에서 영국군에 맞서 싸운 반군지도자 중 한 사람.

72) till Tuesday was a week = 일주일 전 지난 화요일까지.

크리스티	[수줍어 하며.] ─ 두세 명은커녕 한 여자와 결혼한 적도 없어요.
필리	어쩌면 교수형 판결을 받고 능지처참을 당한 그 사람처럼 남아공 전쟁에서 보어인들을 위해서 싸웠는지도 모르지. 젊은 친구, 자네는 반군지도자 크루거와 보어인들의 자유를 위해 싸우러 동아프리카로 갔었나?
크리스티	저는 일주일 전 지난 화요일까지 저희 교구를 떠난 적이 없어요.
페긴	─[카운터에서 나오면서] ─ 그러니까 아무 짓도 하지 않았군요. [크리스티에게] 살인을 하지도 않았고, 다른 흉악범죄나 위조화폐를 만들지도 않았고, 강도질도, 남의 가축을 도살하지도 않았다면 고생스럽게 도망 다닐 만한 일을 하지 않은 거군요. 당신은 아무 짓도 하지 않았어요.
크리스티	─[기분이 상해서] ─ 뒤에는 감옥이, 그리고 앞에는 교수형이 기다리고 있으며 저 아래에 지옥이 입을 벌리고 있는 천애고아 떠돌이에게 말씀이 지나치십니다.
페긴	[사람들에게 조용히 하라는 신호를 하며.] ─ 말뿐이잖아요. 아무 것도 한 거 없으면서. 당신처럼 온순한 청년은 돼지 멱도 따지 못할걸요.
크리스티	─[기분이 상해서] 그렇지 않습니다.
페긴	─[짐짓 화가 난 듯] ─ 그렇지 않다구요? 자루로 머리를 한 대 맞고 싶어요?

CHRISTY	—[twisting round on her with a sharp cry of horror.]— Don't strike me. I killed my poor father, Tuesday was a week, for doing the like of that.
PEGEEN	[with blank amazement.]— Is it killed your father?
CHRISTY	—[subsiding.] With the help of God I did surely, and that the Holy Immaculate Mother may intercede for his soul.
PHILLY	—[retreating with Jimmy.]— There's a daring fellow.
JIMMY	Oh, glory be to God!
MICHAEL	—[with great respect.]— That was a hanging crime, mister honey.[73] You should have had good reason for doing the like of that.
CHRISTY	—[in a very reasonable tone.]— He was a dirty man, God forgive him, and he getting old and crusty,[74] the way I couldn't put up with him at all.
PEGEEN	And you shot him dead?
CHRISTY	—[shaking his head.]— I never used weapons. I've no license, and I'm a law-fearing man.
MICHAEL	It was with a hilted knife maybe? I'm told, in the big world it's bloody knives they use.
CHRISTY	—[loudly, scandalized.]— Do you take me for a slaughter-boy?
PEGEEN	You never hanged him, the way Jimmy Farrell hanged his dog from the license,[75] and had it screeching and wriggling three hours at the butt of a string, and himself swearing it was a dead dog, and the peelers swearing it had life?

---

73) mister honey = my dear man. 이 양반아.
74) crusty = short-tempered. 성질이 급한.
75) from the license = on account of the license fee. 면허세를 내지 않으려고.

크리스티 —[공포의 비명을 지르며 페긴을 향해 돌아서서] 때리지 마세요. 일주일

전 화요일에 바로 그러다가 우리 아버지를 죽였어요.

페긴 [멍하게 놀라서.]—아버지를 죽였다구요?

크리스티 —[진정하며.] 맞아요. 순결하신 성모님께서 아버지의 영혼을 위해

중재를 해주시길...

필리 —[지미와 함께 물러서며.]—겁이 없는 친구로군.

지미 오, 하느님께 영광을!

마이클 —[큰 존경심을 가지고]—젊은 양반, 그건 교수형감이야. 필시 무슨

곡절이 있겠지.

크리스티 —[매우 차분한 목소리로.]—우리 아버지는 못된 인간이었죠, 하느

님, 우리 아버지를 용서하소서. 나이 먹으면서 성질도 더러워져

서 도저히 견딜 수 없었어요.

페긴 총으로 쏘아 죽였나요?

크리스티 —[머리를 저으며]— 전 무기를 사용해본 적이 없어요. 저는 총기

허가증도 없고, 법을 두려워하는 사람이죠.

마이클 칼로 그랬나? 대도시에선 칼을 쓴다고 들었어.

크리스티 —[분개해서 큰소리로]—제가 백정인줄 아세요?

페긴 아버지를 목매달아 죽이진 않았군요. 지미 파렐 아저씨가 도살면

허세를 안 내려고 자기 개를 목매다는 바람에 개가 세 시간이나

줄에 매달려 낑낑거리며 발버둥쳤죠. 경찰은 개가 살아있다고 하

고 아저씨는 개가 죽었다고 우겼어요.

CHRISTY I did not then. I just riz the loy[76] and let fall the edge of it on the ridge[77] of his skull, and he went down at my feet like an empty sack, and never let a grunt or groan from him at all.

MICHAEL —[making a sign to Pegeen to fill Christy's glass.] — And what way[78] weren't you hanged, mister? Did you bury him then?

CHRISTY —[considering.] Aye. I buried him then. Wasn't I digging spuds[79] in the field?

MICHAEL And the peelers never followed after you the eleven days that you're out?

CHRISTY —[shaking his head.] — Never a one of them, and I walking forward facing hog, dog, or divil on the highway of the road.

PHILLY —[nodding wisely.] — It's only with a common week-day kind of a murderer them lads would be trusting their carcase, and that man should be a great terror when his temper's roused.

MICHAEL He should then. (To Christy.) And where was it, mister honey, that you did the deed?

CHRISTY —[looking at him with suspicion.] — Oh, a distant place, master of the house, a windy corner of high, distant hills.

PHILLY —[nodding with approval.] — He's a close[80] man, and he's right, surely.

---

76) riz the loy = raised the long, and narrow turf-cutting spade. 삽을 들어올렸다.
77) ridge = top. 정수리.
78) what way = why. 어째서.
79) spuds = potatoes. 감자.
80) close = tight-lipped. 과묵한, 입이 무거운.

크리스티   아니요. 제가 삽을 들어 아버지의 정수리를 내리치자 아버지는
           빈 자루처럼 신음소리도 없이 내 발밑에 쓰러졌어요.

마이클   ─[페긴에게 크리스티의 잔을 채우라고 신호를 한다.]─ 그런데 어째서
           당신은 교수형을 당하지 않았죠? 아버지를 묻었나요?

크리스티   ─[생각하더니] 네. 묻었어요. 내가 밭에서 감자를 캐고 있다고 하
           지 않았나요?

마이클   집 떠난 열하루 동안 경찰이 쫓아온 적이 없나요?

크리스티   ─[고개를 저으며]─ 없었어요. 한길에서 돼지나 개나 귀신을 만나
           긴 했죠.

필리   ─[알겠다는 듯 고개를 끄덕이며.]─ 그 사람들은 평범한 살인자들이
          나 열심히 쫓아다니지. 그런데 저 친구는 한 번 성질나면 엄청 무
          서울 것 같아.

마이클   그럴거야. [크리스티에게] 젊은 양반. 그 장소가 어딘가?

크리스티   ─[마이클을 의심의 눈초리로 바라보며.]─ 먼 곳입니다, 주인어른. 바
           람 부는 먼 고원지역이죠.

필리   ─[인정하듯 끄덕이며.]─ 입이 무거운 사람이로군. 그의 말이 사실
          일거야, 틀림없어.

PEGEEN   That'd be a lad with the sense of Solomon to have for a pot-boy, Michael James, if it's the truth you're seeking one at all.

PHILLY   The peelers is fearing him, and if you'd that lad in the house there isn't one of them would come smelling around if the dogs itself were lapping poteen from the dungpit of the yard.

JIMMY   Bravery's a treasure in a lonesome place, and a lad would kill his father, I'm thinking, would face a foxy divil with a pitchpike[81] on the flags of hell.

PEGEEN   It's the truth they're saying, and if I'd that lad in the house, I wouldn't be fearing the loosed kharki cut-throats,[82] or the walking dead.

CHRISTY   —[swelling with surprise and triumph.]— Well, glory be to God!

MICHAEL   —[with deference.]— Would you think well to stop here and be pot-boy, mister honey, if we gave you good wages, and didn't destroy you with the weight of work?

SHAWN   —[coming forward uneasily.]— That'd be a queer kind to bring into a decent quiet household with the like of Pegeen Mike.

PEGEEN   —[very sharply.]— Will you whisht? Who's speaking to you?

SHAWN   —[retreating.] A bloody-handed murderer the like of...

---

81) pitchpike = pitchfork. 쇠스랑.
82) the loosed kharki cut-throats = disbanded British soldiers. 해산된 영국군.

페긴　마이클 제임스 씨, 아버지가 정말 사환을 구하고 싶다면 저 사람 이야말로 사환으로선 솔로몬의 감각을 가진 사람일 거예요.

필리　경찰이 저 사람을 두려워하고 있어. 만약 처 친구가 이 집에 있으면 개가 마당 두엄더미에서 밀조 위스키를 홀짝거리고 있어도 경찰들이 냄새를 맡으러 오지 않을 거야.

지미　외진 곳에서 용맹함은 보물이지. 내 생각에, 아버지를 죽인 친구라면 지옥 깃발에 그려진 쇠스랑을 든 교활한 마귀하고도 맞설 거야.

페긴　그 말이 맞아요. 저 오빠가 이 집에 있으면 해산된 영국군이나 좀비도 무섭지 않을 거예요.

크리스티　―[놀라움과 승리감으로 기가 살아] 오, 하느님 영광을 받으소서!

마이클　―[예의를 갖추어] 젊은 양반, 우리가 임금도 잘 쳐주고 혹사시키지 않는다면 여기서 머물면서 사환을 할 생각이 있나?

숀　―[불편한 듯 앞으로 나서며.]―저 사람은 페긴 마이크 같은 사람이 있는 점잖고 조용한 집안에 들이기엔 어울리지 않는 부류인데요.

페긴　―[아주 날카롭게]―조용히 하지 못해요? 누가 당신한테 물어봤어요?

숀　―[물러서며.] 손에 피를 묻힌 저런 살인자를...

PEGEEN ─[snapping at him.] ─ Whisht I am saying; we'll take no fooling from your like at all. (To Christy with a honeyed voice.) And you, young fellow, you'd have a right to stop, I'm thinking, for we'd do our all and utmost to content your needs.

CHRISTY ─[overcome with wonder.] ─ And I'd be safe in this place from the searching law?

MICHAEL You would, surely. If they're not fearing you, itself, the peelers in this place is decent droughty[83] poor fellows, wouldn't touch a cur dog and not give warning in the dead of night.

PEGEEN ─[very kindly and persuasively.] ─ Let you stop a short while anyhow. Aren't you destroyed walking with your feet in bleeding blisters, and your whole skin needing washing like a Wicklow[84] sheep.

CHRISTY ─[looking round with satisfaction.] It's a nice room, and if it's not humbugging me you are, I'm thinking that I'll surely stay.

JIMMY ─[jumps up.] ─ Now, by the grace of God, herself will be safe this night, with a man killed his father holding danger from the door, and let you come on, Michael James, or they'll have the best stuff drunk at the wake.

MICHAEL ─[going to the door with men.] And begging your pardon, mister, what name will we call you, for we'd like to know?

---

83) droughty = thirsty. 목마른.
84) Wicklow = 양을 많이 사육하는 동부지방.

페긴　　　ー[톡 쏘아붙이며.]ー조용히 하라잖아요! 우린 당신 같은 사람의 어리석은 말 듣지 않을 거예요. (달콤한 목소리로 크리스티에게) 우리가 당신을 행복하게 만들기 위해 최선을 다할 테니 머물도록 하세요.

크리스티　ー[놀라움으로 압도되어.]ー여기에서는 법의 추적으로부터 안전할까요?

마이클　　ー그럼, 그렇고말고. 경찰이 자네를 두려워하지 않는다 하더라도, 우리집에서는 점잖고 술 좋아하는 친구들에 지나지 않아. 한밤중이라도 사전 경고 없이는 똥개 한 마리도 건드리지 않는다구.

페긴　　　ー[매우 친절하고 설득력 있게]ー어쨌든 잠시 머물도록 하세요. 물집 잡힌 발로 걷느라 지쳤을 테니 위클로우 지방 양들처럼 몸을 씻어야지요.

크리스티　ー[만족스러워하며 둘러본다.] 방이 좋군요. 여러분이 날 놀리는 게 아니라면 여기에 머물까 생각합니다.

지미　　　ー[일어난다.]ー이제 신의 은총으로 아버지를 죽인 남자가 문으로 위험이 들어오는 것을 막을 테니 페긴은 오늘밤 안전하다. 자, 마이클 제임스, 가자구. 사람들이 좋은 술을 다 마셔버리기 전에.

마이클　　ー[사람들과 문으로 가며.] 젊은 양반, 실례지만, 자네를 뭐라고 불러야 할지 궁금하군.

CHRISTY   Christopher Mahon.

MICHAEL   Well, God bless you, Christy, and a good rest till we meet again when the sun'll be rising to the noon of day.

CHRISTY   God bless you all.

MEN   God bless you. [They go out except Shawn, who lingers at door.]

SHAWN   —[to Pegeen.]— Are you wanting me to stop along with you and keep you from harm?

PEGEEN   —[gruffly.] Didn't you say you were fearing Father Reilly?

SHAWN   There'd be no harm staying now, I'm thinking, and himself in it too.

PEGEEN   You wouldn't stay when there was need for you, and let you step off nimble this time when there's none.

SHAWN   Didn't I say it was Father Reilly...

PEGEEN   Go on, then, to Father Reilly (in a jeering tone), and let him put you in the holy brotherhoods, and leave that lad to me.

SHAWN   If I meet the Widow Quin...

PEGEEN   Go on, I'm saying, and don't be waking this place with your noise. (She hustles him out and bolts the door.) That lad would wear the spirits from the saints of peace. (Bustles about, then takes off her apron and pins it up in the window as a blind. Christy watching her timidly. Then she comes to him and speaks with bland good-humour.) Let you stretch out now by the fire, young fellow. You should be destroyed travelling.

크리스티   크리스토퍼 마흔이요.

마이클   신이 자네를 축복하기를 비네, 크리스티 군. 해가 중천에 떠서 다시 만날 때까지 푹 쉬게.

크리스티   모두에게 신의 축복이 있기를 빌어요!

남자들   신의 축복이 있기를 빌어요.[숀만 빼고 모두 나간다. 숀은 문에서 머뭇거린다.]

숀   ―[페긴에게]―내가 당신과 함께 있으면서 안전하게 지켜주길 바라나요?

페긴   ―[퉁명스럽게.] 당신은 라일리 신부가 무섭다고 하지 않았어요?

숀   이제 여기 있어도 문제가 없을 것 같아요. 저 사람도 같이 있으니까요.

페긴   당신이 필요할 땐 있지 않겠다고 하고, 필요가 없어지니 이제 얼른 입장을 바꾸는군요.

숀   말했잖아요, 라일리 신부님이....

페긴   그럼 라일리 신부님한테 가세요. (비웃는 말투로) 신부님이 당신을 수도사로 만들어 주시겠죠. 난 저 사람이랑 있을 거야.

숀   내가 과부 퀸을 만나면...

페긴   가세요, 제발. 소란 피워서 잠 못 자게 하지 말고. (그를 밀어내고 문을 잠근다.) 저 사람에게 평화의 성자들의 영이 있을지도 모르지. [부산스럽게 일하고 앞치마를 벗어 창문에 걸어 가린다. 크리스티는 소심한 모습으로 그녀를 바라본다. 그리고 그녀는 그에게 와서 유쾌한 말투로 말한다.] 이제 난로 가에서 발을 좀 뻗으세요. 여행하느라 피곤했죠.

CHRISTY　—[shyly again, drawing off his boots.] I'm tired, surely, walking wild eleven days, and waking fearful in the night. [He holds up one of his feet, feeling his blisters, and looking at them with compassion.]

PEGEEN　—[standing beside him, watching him with delight.] — You should have had great people in your family, I'm thinking, with the little, small feet you have, and you with a kind of a quality name,[85] the like of what you'd find on the great powers and potentates[86] of France and Spain.

CHRISTY　—[with pride.] — We were great surely, with wide and windy acres of rich Munster land.

PEGEEN　Wasn't I telling you, and you a fine, handsome young fellow with a noble brow?

CHRISTY　—[with a flash of delighted surprise.] Is it me?

PEGEEN　Aye. Did you never hear that from the young girls where you come from in the west or south?

CHRISTY　—[with venom.] — I did not then. Oh, they're bloody liars in the naked parish where I grew a man.

PEGEEN　If they are itself, you've heard it these days, I'm thinking, and you walking the world telling out your story to young girls or old.

CHRISTY　I've told my story no place till this night, Pegeen Mike, and it's foolish I was here, maybe, to be talking free, but you're decent people, I'm thinking, and yourself a kindly woman, the way I wasn't fearing you at all.

---

85) quality name = 귀족가문.
86) powers and potentates = 고관대작들.

크리스티　ー[다시 수줍어하며 둣 장화를 벗는다.] 열하루를 정신없이 걷고 밤에
　　　　는 무서워 잠을 깨곤 했더니 정말 피곤하군요. [발을 하나 들어 물집
　　　　들을 더듬더니 짠한 표정으로 들여다본다.]

　　페긴　ー[그의 옆에 서서 즐거워하며 바라본다.]ー당신은 발도 조그맣고 프
　　　　랑스와 스페인의 고관대작들처럼 귀족의 이름을 가진 걸 보면 가
　　　　문에 대단한 사람들이 많이 있었겠어요.

크리스티　ー[자부심으로]ー우리 집안은 기름진 먼스터 지방의 바람 많은 넓
　　　　은 땅도 있고 대단했었죠.

　　페긴　내가 말했잖아요. 당신은 귀족의 이목구비를 가진 잘생긴 청년이
　　　　라고.

크리스티　ー[기분 좋게 놀라는 표정으로] 내가요?

　　페긴　ー네. 당신이 살던 남쪽이나 서쪽에서 여자애들한테 그런 이야
　　　　기 들은 적 없나요?

크리스티　ー[분해서.]ー못 들었어요. 내가 자란 교구 사람들은 거짓말쟁이
　　　　들이죠.

　　페긴　그렇다면 요즘은 들었겠죠? 세상 돌아다니면서 젊은 처녀들이나
　　　　나이든 여자들에게 당신 이야기를 하지 않았나요?

크리스티　페긴 마이크 양. 오늘밤까지 어디서도 내 이야기를 한 적 없어요.
　　　　어쩌면 내가 여기서 자유롭게 이야기하는 게 어리석은 일인지도
　　　　모르죠. 하지만 내가 보기에 여기 사람들 다 점잖고, 또 당신은
　　　　마음씨 좋은 여성이라 전혀 무섭지 않았어요.

PEGEEN ─[filling a sack with straw.]─ You've said the like of that, maybe, in every cot[87] and cabin where you've met a young girl on your way.

CHRISTY ─[going over to her, gradually raising his voice.]─ I've said it nowhere till this night, I'm telling you, for I've seen none the like of you the eleven long days I am walking the world, looking over a low ditch or a high ditch on my north or my south, into stony scattered fields, or scribes[88] of bog,[89] where you'd see young, limber girls, and fine prancing women making laughter with the men.

PEGEEN If you weren't destroyed travelling, you'd have as much talk and streeleen,[90] I'm thinking, as Owen Roe O'Sullivan[91] or the poets of the Dingle Bay,[92] and I've heard all times it's the poets are your like, fine fiery fellows with great rages when their temper's roused.

CHRISTY ─[drawing a little nearer to her.]─ You've a power of[93] rings, God bless you, and would there be any offence if I was asking are you single now?

PEGEEN What would I want wedding so young?

CHRISTY ─[with relief.]─ We're alike, so.

---

87) cot = 오두막집.
88) scribes = 좁고 긴 땅.
89) bog = 습지.
90) talk and streeleen = 이야깃거리들.
91) Owen Roe O'Sullivan = 18세기의 아일랜드의 케리 카운티 출신 시인.
92) Dingle Bay = 서부 케리 카운티의 한 지역.
93) a power of = 많은.

페긴	[자루에 짚을 넣으면서] ─ 당신은 이리 오는 길에 들른 집마다 여자애들에게 그렇게 말했지요.
크리스티	─[그녀에게 다가가며 점차 목소리를 높인다.] ─ 다시 말하지만 오늘밤까지 어디서도 그런 말을 한 적 없어요. 열하루 동안 남쪽이나 북쪽으로, 작은 도랑이나 큰 도랑 너머, 또 자갈밭이나 습지를 다니며 젊고 발랄한 아가씨들, 남자들과 시시덕거리는 아름다운 여인들을 보았지만 당신만한 사람은 없었어요.
페긴	만약 여행으로 피곤하지 않다면, 당신은 오웬 로우 오설리반이나 딩글베이의 시인들처럼 이야기를 잘 할 거 같아요. 나는 시인이란 기분이 좋아지면 대단한 정열을 토해내는, 당신처럼 아름답고 뜨거운 사람들이라고 들었어요.
크리스티	─[그녀에게 좀 더 가까이 가며.] ─ 당신은 반지를 많이 끼고 있는데, 하느님이 당신을 축복하시길, 혹시 미혼이신지 물어보면 실례가 될까요?
페긴	내가 뭐가 아쉬워 그렇게 일찍 결혼하겠어요?
크리스티	─[안심해서.] ─ 우린 같은 처지로군요.

PEGEEN ─[she puts sack on settle and beats it up.] ─ I never killed my father. I'd be afeard to do that, except I was the like of yourself with blind rages tearing me within, for I'm thinking you should have had great tussling when the end was come.

CHRISTY ─[expanding with delight at the first confidential talk he has ever had with a woman.] ─ We had not then. It was a hard[94] woman was come over the hill, and if he was always a crusty kind when he'd a hard woman setting him on[95], not the divil himself or his four fathers[96] could put up with him at all.

PEGEEN ─[with curiosity.] ─ And isn't it a great wonder that one wasn't fearing you?

CHRISTY ─[very confidentially.] ─ Up to the day I killed my father, there wasn't a person in Ireland knew the kind I was, and I there drinking, waking, eating, sleeping, a quiet, simple poor fellow with no man giving me heed.

PEGEEN ─[getting a quilt out of the cupboard and putting it on the sack.] ─ It was the girls were giving you heed maybe, and I'm thinking it's most conceit you'd have to be gaming[97] with their like.

---

94) hard = 성격이 거친, 와일드한.
95) setting him on = 화나게 하다, 못살게 굴다.
96) four fathers = 온가족.
97) gaming = 놀다.

페긴   ─[자루를 나무의자에 놓고 두드린다.]─ 나는 우리 아버지를 죽이지
        않았어요. 나도 당신처럼 눈 먼 분노로 속이 뒤집어졌지만 두려
        워서 그러지 못했지요. 마지막 순간에 당신은 엄청난 난투극을
        벌였을 테니까요.

크리스티 ─[여성과의 최초의 속이야기에 기쁨에 겨워] 그렇지 않았어요. 성질 사
        나운 여자가 고개 너머에서 찾아왔을 때였죠. 그 여자가 화나게
        하면 아버지는 언제나 성격이 불같아졌어요. 그 때는 마귀, 아니
        마귀 아버지 4대가 함께 덤벼도 아버지를 당해낼 수 없죠.

페긴   ─[호기심으로]─ 사람들이 당신을 무서워하지 않았다니 놀라워요.

크리스티 ─[매우 은밀하게]─ 내가 아버지를 죽이기 전까지 아일랜드에서
        내가 어떤 인간인지 아는 사람은 하나도 없었어요. 나는 술 마시
        고, 장례식에 참석하고, 먹고, 자는, 조용하고 단순한 청년이라
        아무도 거들떠보지 않았죠.

페긴   ─[찬장에서 이불을 꺼내 자루 위에 놓는다.]─ 아마 여자애들이 당신에
        게 관심을 가졌겠죠. 그런 애들하고 놀다보면 오만해질 거 같아
        요.

CHRISTY　　—[shaking his head, with simplicity.] Not the girls itself, and I won't tell you a lie. There wasn't anyone heeding me in that place saving[98] only the dumb beasts of the field. [He sits down at fire.]

PEGEEN　　—[with disappointment.] — And I thinking you should have been living the like of a king of Norway or the Eastern world. [She comes and sits beside him after placing bread and mug of milk on the table.]

CHRISTY　　—[laughing piteously.] — The like of a king, is it? And I after toiling, moiling, digging, dodging from the dawn till dusk with never a sight of joy or sport saving only when I'd be abroad[99] in the dark night poaching rabbits on hills, for I was a devil to poach, God forgive me, (very naively) and I near got six months for going with a dung fork and stabbing a fish.

PEGEEN　　And it's that you'd call sport, is it, to be abroad in the darkness with yourself alone?

CHRISTY　　I did, God help me, and there I'd be as happy as the sunshine of St. Martin's Day[100], watching the light passing the north or the patches of fog, till I'd hear a rabbit starting to screech and I'd go running in the furze. Then when I'd my full share I'd come walking down where you'd see the ducks and geese stretched sleeping on the highway of the road, and before I'd pass the dunghill, I'd hear himself snoring out, a loud lonesome

---

98) saving = 제외하고.
99) be abroad = 밖에 나가다, 외출하다.
100) St. Martin's Day = 성 마틴 축일(11월 11일).

크리스티	―[단순하게 고개를 젓는다.] 여자애들도 관심 없었어요. 거짓말 하는 게 아녜요. 거기에서 말 못하는 가축들 외에 나에게 관심을 갖는 사람은 아무도 없었어요. [불 가에 앉는다.]
페긴	―[실망하여]―난 당신이 틀림없이 노르웨이나 동방의 왕처럼 살았다고 생각했어요. [테이블 위에 빵과 우유컵을 놓고 그의 옆에 와서 앉는다.]
크리스티	―[서글픈 듯이 웃으며.]―왕 같다구요? 캄캄한 밤에 산으로 토끼밀렵 하러 밖에 나갈 때를 빼곤 나는 즐거움이나 운동은 모른 채 새벽부터 해질 때까지 밭 갈고, 일하고 땅 파고, 도망 다녔죠. 난 밀렵엔 귀신이지요, 하느님 용서하소서. [매우 순진하게] 두엄용 쇠스랑으로 물고기를 찔러 잡다가 6개월 동안 감옥에 갈 뻔 했어요.
페긴	캄캄한데 밖에 혼자 나가 있는 걸 운동이라고 하나요?
크리스티	그럼요, 하느님 도와주소서. 집 밖에선 성 마틴 축일의 햇빛처럼 행복하죠. 오로라나 안개가 지나가는 걸 보다가 토끼가 찍찍 소리를 내면 금작화 숲으로 달려가지요. 실컷 놀고 걸어 내려오면 오리랑 거위들이 큰 길 한 가운데서 누워 자고 있는 걸 보게 되죠. 그리고 두엄더미를 지나기 전에 아버지가 코를 고는 소리,

snore he'd be making all times, the while he was sleeping, and he a man 'd be raging all times, the while he was waking, like a gaudy[101] officer you'd hear cursing and damning and swearing oaths.

PEGEEN   Providence and Mercy, spare us all!

CHRISTY   It's that you'd say surely if you seen him and he after drinking for weeks, rising up in the red dawn, or before it maybe, and going out into the yard as naked as an ash tree in the moon of May, and shying[102] clods against the visage of the stars till he'd put the fear of death into the banbhs[103] and the screeching sows.

PEGEEN   I'd be well-nigh afeard of that lad myself, I'm thinking. And there was no one in it but the two of you alone?

CHRISTY   The divil a one,[104] though he'd sons and daughters walking[105] all great states and territories of the world, and not a one of them, to this day, but would say their seven curses on him, and they rousing[106] up to let a cough or sneeze, maybe, in the deadness of the night.

PEGEEN   [nodding her head.] ─ Well, you should have been a queer lot. I never cursed my father the like of that, though I'm twenty and more years of age.

---

101) gaudy = 멋진, 근사한.
102) shy = 던지다.
103) banbhs = 새끼돼지들.
104) The devil a one = none. 하나도 아니다.
105) 돌아다니는.
106) rousing = rising. 일어나다.

언제나 요란한 한 줄기 코를 고는 소리를 듣지요. 아버지는 욕하고 저주하고 상스러운 말을 하는 장교처럼 낮에는 늘 다혈질이죠.

페긴　섭리와 자비의 하나님, 저희를 구원해주소서.

크리스티　만약 우리 아버지가 몇 주 동안 술을 마시고 동 틀 무렵에 일어나 오월 달빛을 받은 물푸레나무처럼 홀딱 벗고 마당에서 별이 총총한 하늘을 배경으로 돼지들에게 흙덩이를 던져 발광하게 만드는 것을 보면 당신한테서도 그런 말이 나올 거예요.

페긴　그런 사람이라면 나라도 무서워하겠죠. 거기엔 당신과 아버지 두 사람뿐이었나요?

크리스티　그럼요. 세계 곳곳에 아들과 딸들이 살고 있는데, 이 날 이때까지 한밤중에 잠에서 깨어 기침이나 재채기를 할 때면 하나같이 아버지를 일곱 번씩 저주하곤 했죠.

페긴　[고개를 끄덕이며.] — 참 이상한 사람들이군요. 난 스물 하고도 몇 살 더 먹었지만 우리 아버지를 그렇게 저주해본 적이 없어요.

CHRISTY   Then you'd have cursed mine, I'm telling you, and he a man never gave peace to any, saving when he'd get two months or three, or be locked in the asylums for battering peelers or assaulting men (with depression) the way it was a bitter life he led me till I did up a Tuesday[107] and halve his skull.

PEGEEN   ─[putting her hand on his shoulder.] ─ Well, you'll have peace in this place, Christy Mahon, and none to trouble you, and it's near time a fine lad like you should have your good share of the earth.

CHRISTY   It's time surely, and I a seemly fellow with great strength in me and bravery of... [Someone knocks.]

CHRISTY   ─[clinging to Pegeen.] ─ Oh, glory! it's late for knocking, and this last while I'm in terror of the peelers, and the walking dead. [Knocking again.]

PEGEEN   Who's there?

VOICE   ─[outside.] Me.

PEGEEN   Who's me?

VOICE   The Widow Quin.

PEGEEN   [jumping up and giving him the bread and milk.] ─ Go on now with your supper, and let on[108] to be sleepy, for if she found you were such a warrant to talk, she'd be stringing gabble[109] till the dawn of day. (He takes bread and sits shyly with his back to the door.)

---

107) did up a Tuesday = rose up on a Tuesday. 어느 화요일에 잠자리에서 일어나다.
108) let on = pretend. ~인 척하다.
109) stringing gabble = gossiping. 수다를 떨다.

크리스티   말씀드리지만, 당신이라도 우리 아버지를 저주했을 거예요. 내가
          비참하게 살다가 어느 화요일에 머리를 두 쪽으로 갈라놓기 전까
          지, 아버지가 경찰관이나 다른 사람들 폭행으로 (우울해하며) 두세
          달 정신병원에 갇혀 있을 때를 제외하곤 마음 편할 날이 없었죠.

   페긴   ―[손을 크리스티의 어깨에 얹으며.]―크리스티 마흔 씨, 여기엔 당신
          을 괴롭힐 사람이 없으니 평화롭게 살 거예요. 이제 당신처럼 아
          름다운 분이 마음 붙이고 살 곳을 찾을 때가 됐어요.

크리스티   맞아요. 힘세고 용감한 나 같은 멋진 사람이... [누군가가 문을 두드
          린다.]

크리스티   [페긴에게 매달리며]―오, 영광의 하느님! 누가 찾아오기엔 늦은 시
          간인데, 저 소리는 경찰이나 좀비가 아닐까요.

   페긴   누구세요?

  목소리   ―[밖에서] 나예요.

   페긴   ―나라뇨?

  목소리   과부 퀸.

   페긴   [벌떡 일어나 크리스티에게 빵과 우유를 주며.]―식사를 계속하세요. 그
          리고 졸린 척 하세요. 만약 당신이 이야기를 잘 하는 줄 알면 저
          여자는 아침까지 수다를 떨려고 할 거예요.

PEGEEN	[opening door, with temper.] — What ails you, or what is it you're wanting at this hour of the night?
WIDOW QUIN	—[coming in a step and peering at Christy.] — I'm after meeting Shawn Keogh and Father Reilly below, who told me of your curiosity man,[110] and they fearing by this time he was maybe roaring, romping on your hands with drink.
PEGEEN	[pointing to Christy.] — Look now is he roaring, and he stretched away drowsy with his supper and his mug of milk. Walk down and tell that to Father Reilly and to Shaneen Keogh.
WIDOW QUIN	—[coming forward.] — I'll not see them again, for I've their word to lead that lad forward for to lodge with me.
PEGEEN	—[in blank amazement.] — This night, is it?
WIDOW QUIN	—[going over.] — This night. "It isn't fitting," says the priesteen, "to have his likeness lodging with an orphaned[111] girl." (To Christy.) God save you, mister!
CHRISTY	—[shyly.] — God save you kindly.
WIDOW QUIN	—[looking at him with half-amazed curiosity.] — Well, aren't you a little smiling fellow? It should have been great and bitter torments did rouse your spirits to a deed of blood.
CHRISTY	—[doubtfully.] It should, maybe.
WIDOW QUIN	It's more than "maybe" I'm saying, and it'd soften my heart to see you sitting so simple with your cup and cake, and you fitter to be saying your catechism than slaying your da.

---

110) curiosity man = strange man. 이상한 사람.
111) orphaned = 혼자 있는.

페긴 [짜증스러워하며 문을 열며.] — 무슨 일이세요? 이 야심한 시간에 웬 일이죠?

과부 퀸 — [한 발짝 들어와 크리스티를 들여다보며.] — 저 아래서 숀 키오그와 라일리 신부님을 만났는데 여기 있는 이상한 사람 이야기를 해줬어. 지금쯤이면 아마도 술에 취해 당신에게 온갖 주정을 부리고 있을 거라고 하더라구.

페긴 [크리스티를 가리키며.] — 술주정하고 있나 보세요. 저 사람 저녁 먹고 우유를 마시며 노곤하게 늘어져 있잖아요. 내려가서 숀 키오그 씨와 라일리 신부님에게 그렇게 전하세요.

과부 퀸 — [앞으로 나오며.] — 난 그 사람들 보러 갈 거 아냐. 그 사람들이 저 청년을 내가 데리고 가서 재워주라고 했어.

페긴 — [놀라서] — 오늘밤에요?

과부 퀸 — [들어오며.] — 오늘밤에. 신부님이 말했지. "그런 사람이 혼자 있는 처녀와 밤을 함께 보내는 것은 좋지 않습니다." [크리스티에게] 젊은 양반, 하느님이 당신을 구원하시길!

크리스티 — [수줍게.] — 하느님이 당신을 구원하시길!

과부 퀸 — [약간의 놀람이 섞인 호기심으로 바라보며.] — 당신은 귀엽고 인상 좋은 청년이군요? 틀림없이 엄청난 쓰라린 고통을 견디지 못하고 그런 피비린내 나는 일을 저질렀겠지요.

크리스티 — [의심의 눈초리로] 아마도 그렇겠죠.

과부 퀸 "아마도"는 아니겠죠. 총각이 순진한 모습으로 빵과 우유를 먹으며 앉아 있는 걸 보니 마음이 편해져요. 당신은 아버지를 죽이기보다는 교리문답을 하는 모습이 더 어울릴 거예요.

PEGEEN —[at counter, washing glasses.] — There's talking when any'd see he's fit to be holding his head high with the wonders of the world. Walk on[112] from this, for I'll not have him tormented and he destroyed travelling since Tuesday was a week.

WIDOW QUIN —[peaceably.] We'll be walking surely when his supper's done, and you'll find we're great company, young fellow, when it's of the like of you and me you'd hear the penny poets[113] singing in an August Fair.

CHRISTY —[innocently.] Did you kill your father?

PEGEEN —[contemptuously.] She did not. She hit himself with a worn pick,[114] and the rusted poison did corrode his blood[115] the way he never overed[116] it, and died after. That was a sneaky kind of murder did win small glory[117] with the boys itself. [She crosses to Christy's left.]

WIDOW QUIN —[with good-humour.] — If it didn't, maybe all knows a widow woman has buried her children and destroyed[118] her man is a wiser comrade[119] for a young lad than a girl, the like of you, who'd go helter-skeltering after any man would let you a wink upon the road.

---

112) walk away = 나가주세요.
113) penny poets = 1페니를 받고 시를 파는 시인들.
114) pick = 곡괭이.
115) corrode his blood = 파상풍에 걸리다.
116) overed it = recovered from it. 회복되다.
117) win small glory = earn little admiration. 별로 칭찬을 받지 못하다.
118) destroyed = 살해하다.
119) comrade = 아내.

페긴 ─[카운터에서 잔을 씻으며.]─ 저 사람은 세상의 7대 기적에 비길 만한 행동으로 어깨에 힘을 줄 만한 자격이 있는 사람이죠. 그만 나가세요. 저 사람 지난 화요일부터 일주일 동안 여행을 해서 지쳐 있기 때문에 힘들게 하면 안돼요.

과부 퀸 ─[차분하게] 저 사람이 식사를 마치면 함께 갈 거예요. 우린 멋진 친구가 될 거예요, 총각. 엽전시인들이 8월의 장터에서 총각과 나 같은 사람 이야기를 노래하죠.

크리스티 ─[순진하게] 당신도 아버지를 죽였나요?

페긴 ─[경멸하듯.] 아니요. 저 여자는 남편을 낡은 곡괭이로 내리쳤는데, 녹의 독 때문에 파상풍에 걸려서 결국 회복을 못하고 죽었죠. 그건 비열한 살인이라서 남자들에게도 별 칭찬을 받지 못했어요. [크리스티의 왼쪽으로 간다.]

과부 퀸 ─[유쾌하게]─그렇다 하더라도 젊은 총각에게 남편 죽이고 아이들을 땅에 묻은 과부가 길에서 남자가 윙크만 해도 사족을 못 쓰고 따라다니는 너 같은 처녀보다 더 현명한 배필이라는 걸 사람들은 다 알지.

PEGEEN —[breaking out into wild rage.] — And you'll say that, Widow Quin, and you gasping with the rage you had racing the hill beyond to look on his face.

WIDOW QUIN —[laughing derisively.] — Me, is it? Well, Father Reilly has cuteness[120] to divide you now. (She pulls Christy up.) There's great temptation in a man did slay his da, and we'd best be going, young fellow; so rise up and come with me.

PEGEEN —[seizing his arm.] — He'll not stir. He's pot-boy in this place, and I'll not have him stolen off and kidnabbed while himself's[121] abroad.

WIDOW QUIN It'd be a crazy pot-boy'd lodge him in the shebeen where he works by day, so you'd have a right to come on, young fellow, till you see my little houseen,[122] a perch[123] off on the rising hill.

PEGEEN Wait till morning, Christy Mahon. Wait till you lay eyes on her leaky thatch is growing more pasture for her buck goat than her square of fields, and she without a tramp[124] itself to keep in order her place at all.

WIDOW QUIN When you see me contriving[125] in my little gardens, Christy Mahon, you'll swear the Lord God formed me to be living lone, and that there isn't my match in Mayo for thatching, or mowing, or shearing a sheep.

---

120) cuteness = 영리함.
121) himself = 페긴의 아버지 Michael James.
122) houseen = 작은 집.
123) perch = 7야드 정도의 거리.
124) tramp = 떠돌이.
125) contriving = working. 일하다.

페긴 ─[크게 화를 내며]─그렇군요. 그래서 저 사람 얼굴 보려고 그렇게 열을 내서 언덕을 넘어 헐떡거리며 달려왔군요.

과부 퀸 ─[비웃듯이 웃으며.]─ 내가? 라일리신부님이 두 사람을 지금 떼어놓는 건 참 현명하신거라구. (크리스티를 일으켜 세운다.) 아버지를 죽인 사람은 유혹이 많아요. 총각, 이제 가는 게 좋겠어요. 일어나서 날 따라와요.

페긴 ─[그의 팔을 잡으며.]─못가요. 이 사람은 우리 집 사환이에요. 아버지가 안 계시는 동안 이 사람을 빼돌리는 건 허락할 수 없어요.

과부 퀸 사환이 낮에 일하는 술집에서 잠을 자는 건 정신 나간 짓이야. 총각은 날 따라서 언덕 위 바로 저기에 있는 우리 집으로 갈 필요가 있어요.

페긴 크리스티 마흔 씨, 아침까지 기다려요. 기다렸다가 염소가 먹을 풀이 들판보다 저 아줌마 집의 비가 새는 지붕에 더 많이 자라고 있는 걸 보세요. 그 집엔 집안 정리를 해줄 허드렛일꾼 한 사람도 없어요.

과부 퀸 크리스티 마흔 씨, 내가 정원에서 일하는 걸 보면 주님이 나를 혼자 살도록 만드셨고, 메이요엔 지붕 엮기, 풀베기, 양털 깎기에 나를 따라올 사람이 없다고 선언하게 될 거예요.

PEGEEN —[with noisy scorn.] — It's true the Lord God formed you to contrive indeed. Doesn't the world know you reared a black lamb at your own breast, so that the Lord Bishop of Connaught felt the elements of a Christian, and he eating it after in a kidney stew? Doesn't the world know you've been seen shaving the foxy skipper[126] from France for a threepenny bit[127] and a sop[128] of grass tobacco would wring the liver from a mountain goat you'd meet leaping the hills?

WIDOW QUIN —[with amusement.] — Do you hear her now, young fellow? Do you hear the way she'll be rating[129] at your own self when a week is by[130]?

PEGEEN —[to Christy.] — Don't heed her. Tell her to go into her pigsty and not plague us here.

WIDOW QUIN I'm going; but he'll come with me.

PEGEEN —[shaking him.] — Are you dumb, young fellow?

CHRISTY —[timidly, to Widow Quin.] — God increase you; but I'm pot-boy in this place, and it's here I'd liefer[131] stay.

PEGEEN —[triumphantly.] Now you have heard him, and go on from this.

---

126) skipper = 선장.
127) bit = 작은 동전.
128) sop = 한 입, 한 조각.
129) rate = berate. 나무라다, 야단치다.
130) when a week is by = 일주일 후에
131) I'd liefer = I prefer to. ~하고 싶습니다.

페긴 　－[큰소리로 비웃으며.]－주 하느님이 아줌마가 일을 하도록 만드신 건 맞아요. 아줌마가 검정 양을 자기 젖으로 길렀고, 그래서 코너트 주교님이 콩팥 스튜를 드시고 크리스찬의 요소를 느꼈다는 거 세상이 다 아는 일 아닌가요? 당신이 3페니 동전과 고지에서 뛰노는 산염소도 뱉어버릴 저질 담배를 받고 프랑스인 선장의 면도를 해주었다는 거 다 아는 일 아닌가요?

과부 퀸 　－[즐겁다는 듯.]－총각, 들었어? 일주일만 지나면 이 아가씨가 총각한테 어떻게 딱딱거릴지 들었어?

페긴 　－[크리스티에게.]－신경 쓰지 마세요. 아줌마한테 우리 괴롭히지 말고 자기 돼지우리에나 들어가라고 하세요.

과부 퀸 　난 갈 거야. 그리고 총각도 함께 갈 거야.

페긴 　－[크리스티를 흔들며.]－당신, 벙어리예요?

크리스티 　－[과부 퀸에게 쭈뼛거리며.]－신의 축복이 있으시길. 그런데 저는 이 집 사환이라서 그냥 여기에 있으려고 해요.

페긴 　－[의기양양하여.] 자, 이 사람 말 들었으니 여기서 나가주세요.

WIDOW QUIN   —[looking round the room.]— It's lonesome this hour crossing
the hill, and if he won't come along with me, I'd have a
right[132] maybe to stop this night with yourselves. Let me
stretch out on the settle, Pegeen Mike; and himself can
lie by the hearth.

PEGEEN   —[short and fiercely.]— Faith, I won't. Quit off or I will
send you now.

WIDOW QUIN   —[gathering her shawl up.]— Well, it's a terror to be aged a
score. (To Christy.) God bless you now, young fellow, and
let you be wary, or there's right torment will await you
here if you go romancing with her like, and she waiting
only, as they bade me say, on a sheepskin parchment[133]
to be wed with Shawn Keogh of Killakeen.

CHRISTY   —[going to Pegeen as she bolts the door.]— What's that she's
after saying?

PEGEEN   Lies and blather, you've no call to mind. Well, isn't
Shawn Keogh an impudent fellow to send up spying on
me? Wait till I lay hands on him. Let him wait, I'm
saying.

CHRISTY   And you're not wedding him at all?

PEGEEN   I wouldn't wed him if a bishop came walking for to join
us here.

CHRISTY   That God in glory may be thanked for that.

---

132) I'd have a right = I ought. ~해야 한다.
133) the sheepskin parchment = the dispensation. 허가서.

과부 퀸　―[홀을 둘러보며.]―이 시간에 언덕을 넘어가는 건 무서워. 만약 총각이 나랑 가지 않는다면 오늘밤은 여기서 함께 있어야겠어. 페긴 마이크, 벤치에 앉아서 다리를 좀 뻗어도 되겠지. 총각은 난로 가에 누우면 되겠네.

페긴　―[짧고 단호하게]―안돼요. 가세요. 안 나가면 쫓아내겠어요.

과부 퀸　―[숄을 집어들며.]―스무 살짜리들이 무섭다니까. (크리스티에게.) 신의 축복이 총각에게 내리기를! 그리고 조심하세요. 저 아가씨는 킬라킨의 숀 키오그와 혼인을 하기 위해 결혼허가서가 오기를 기다리고 있다고 하던데 괜히 같이 연애질 하다가 망신을 당하기 십상이지요.

크리스티　―[과부 퀸이 나가자 페긴에게 가면서.]―저 여자가 한 말이 무슨 뜻이죠?

페긴　거짓말에다 헛소리니까 신경 쓸 거 없어요. 나를 염탐질 하라고 스파이를 보내다니 숀 키오그는 참 뻔뻔하죠? 나한테 붙들리기만 해봐라. 두고 보세요.

크리스티　그럼 그 사람과 결혼하지 않는 건가요?

페긴　주교님이 우릴 맺어주려고 오신다고 해도 난 그와 결혼 하지 않을 거예요.

크리스티　영광의 하느님께 감사드려요.

PEGEEN   There's your bed now. I've put a quilt upon you I'm after quilting a while since[134] with my own two hands, and you'd best stretch out now for your sleep, and may God give you a good rest till I call you in the morning when the cocks will crow.

CHRISTY   —[as she goes to inner room.]— May God and Mary and St. Patrick bless you and reward you, for your kindly talk. [She shuts the door behind her. He settles his bed slowly, feeling the quilt with immense satisfaction.]— Well, it's a clean bed and soft with it[135], and it's great luck and company I've won me in the end of time — two fine women fighting for the likes of me — till I'm thinking this night wasn't I a foolish fellow not to kill my father in the years gone by.

CURTAIN

---

134) a while since = a while ago. 한참 전에.
135) with it = too. 또한.

페긴 저 침대에서 주무세요. 오랫동안 내 두 손으로 만든 누비이불을 펴 놓았어요. 이제 몸을 쭉 펴고 누우면 아침에 닭이 울고 내가 깨울 때까지 하느님이 휴식을 주실 거예요.

크리스티 ―[페긴이 내실로 들어가는데]―그렇게 따뜻한 말을 해준 당신에게 하느님, 성모님, 그리고 성 패트릭님이 축복과 상을 주시길 빌어요. [페긴이 문을 닫고 들어간다. 그는 아주 만족스러워하며 이불을 만지작거리며 천천히 침대를 정돈한다.]―아, 침대가 깨끗하고 부드럽군. 마침내 대단한 행운과 친구를 얻었다. 두 아름다운 여인이 나 같은 사람을 두고 싸우다니 오늘밤엔 내가 왜 바보처럼 몇 년 전에 아버지를 죽이지 않았는지 생각하게 되네.

ACT II

SCENE, [as before. Brilliant morning light. Christy, looking bright and cheerful, is cleaning a girl's boots.]

CHRISTY — [to himself, counting jugs on dresser.] — Half a hundred beyond. Ten there. A score that's above. Eighty jugs. Six cups and a broken one. Two plates. A power of[136] glasses. Bottles, a school-master'd be hard set[137] to count, and enough in them, I'm thinking, to drunken all the wealth and wisdom of the County Clare. (He puts down the boot carefully.) There's her boots now, nice and decent for her evening use, and isn't it grand brushes she has? (He puts them down and goes by degrees to the looking-glass.) Well, this'd be a fine place to be my whole life talking out with swearing Christians, in place of my old dogs and cat, and I stalking around, smoking my pipe and drinking my fill, and never a day's work but drawing a cork an

---

136) a power of = many.
137) hard set = in a difficult position. 쉽지 않다.

2막

장면 [1막과 같음. 화창한 아침햇빛. 크리스티는 밝고 명랑해 보이며 여자용 신발을 닦고 있다.]

크리스티　　─[혼잣말을 하며 찬장의 맥주조끼를 센다.]─ 저쪽에 오십 개. 저기 열 개. 위에 20개. 조끼가 팔십 개야. 컵이 여섯 개에다 깨진 거하나. 접시 두 개. 술잔이 아주 많군. 병들은 학교 선생님도 다 세지 못할 정도로 많고, 그 안에 클레어 카운티의 모든 잘난 사람과 똑똑한 사람을 취하게 만들 수 있는 술이 있다. (신발을 조심스럽게 내려놓는다.) 그녀의 신발은 저녁에 신으면 아주 예쁘겠다. 구둣솔도 멋진 걸? (그것들을 내려놓고 조금씩 거울을 향해 다가간다.) 여긴 개나 고양이가 아닌 욕 잘하는 크리스찬들과 평생 수다 떨며 지내기에 아주 좋은 곳 같아. 빈둥거리며 파이프나 피우고, 술을 실컷 마시고, 또 가끔씩 점잖은 손님을 위해 위스키 병을 따주거나

odd time, or wiping a glass, or rinsing out a shiny tumbler for a decent man. (He takes the looking-glass from the wall and puts it on the back of a chair; then sits down in front of it and begins washing his face.) Didn't I know rightly I was handsome, though it was the divil's own mirror we had beyond, would twist a squint across an angel's brow; and I'll be growing fine from this day, the way I'll have a soft lovely skin on me and won't be the like of the clumsy young fellows do be[138] ploughing all times in the earth and dung. (He starts.) Is she coming again? (He looks out.) Stranger girls. God help me, where'll I hide myself away and my long neck naked to the world? (He looks out.) I'd best go to the room maybe till I'm dressed again. [He gathers up his coat and the looking-glass, and runs into the inner room. The door is pushed open, and Susan Brady looks in, and knocks on door.]

SUSAN There's nobody in it. [Knocks again.]

NELLY —[pushing her in and following her, with Honor Blake and Sara Tansey.] It'd be early for them both to be out walking the hill.

SUSAN I'm thinking Shawn Keogh was making game of us and there's no such man in it at all.

HONOR —[pointing to straw and quilt.] — Look at that. He's been sleeping there in the night. Well, it'll be a hard case if he's gone off now, the way we'll never set our eyes on a man killed his father, and we after rising early and destroying ourselves running fast on the hill.

---

138) do be = are.

술잔을 닦거나 물에 헹구는 일 외엔 할 일이 없지. (그는 벽에서 거울을 가져다가 의자 등받이에 기대어 놓는다. 그리고 그 앞에 앉아서 세수하기 시작한다.) 난 내가 잘생겼다는 걸 몰랐다. 거기서 가지고 있던 거지같은 거울은 천사의 눈썹도 찌그러지게 보이게 했을 거야. 나는 오늘부터 멋쟁이가 될 거야. 부드러운 피부를 갖게 될 것이고, 노상 흙과 두엄 속에서 쟁기질만 하는 촌놈들처럼 되지는 않을 거야. (깜짝 놀란다.) 그 아줌마가 다시 오는 건가? (밖을 내다본다.) 모르는 아가씨들이다. 오, 하느님, 어디 가서 숨나! 웃통을 벗고 있는데. [밖을 내다본다.] 방에 가서 옷을 입어야지. [겉옷과 거울을 집어 들고 내실로 달려 들어간다. 문이 열리고, 수잔 브레이디가 들여다보고 노크를 한다.]

수잔 안에 아무도 없다. [다시 노크를 한다.]

넬리 [수잔을 밀면서 오너 블레이크, 사라 탠지와 함께 따라 들어온다.] 두 사람이 밖에 나다니기엔 이른데.

수잔 숀 키오그가 우리를 놀리는 거 같아. 이 안에 그런 사람이 없잖아.

오너 ─[짚과 이불을 가리키며]─ 저걸 봐. 밤에 저기에서 잔거야. 그 사람이 가버렸으면 어쩌지. 아버지를 죽인 사람을 못 보게 되잖아. 아침 일찍 일어나 뛰어서 언덕을 올라오느라 힘들었는데 말야.

NELLY   Are you thinking them's his boots?

SARA   ─[taking them up.]─ If they are, there should be his father's track on them. Did you never read in the papers the way murdered men do bleed and drip?

SUSAN   Is that blood there, Sara Tansey?

SARA   ─[smelling it.]─ That's bog water, I'm thinking, but it's his own they are surely, for I never seen the like of them for whity mud, and red mud, and turf on them, and the fine sands of the sea. That man's been walking, I'm telling you. [She goes down right, putting on one of his boots.]

SUSAN   ─[going to window.]─ Maybe he's stolen off to Belmullet[139] with the boots of Michael James, and you'd have a right so to follow after him, Sara Tansey, and you the one yoked the ass cart and drove ten miles to set your eyes on the man bit the yellow lady's[140] nostril on the northern shore.[141] [She looks out.]

SARA   ─[running to window with one boot on.]─ Don't be talking, and we fooled to-day. (Putting on other boot.) There's a pair do fit me well, and I'll be keeping them for walking to the priest, when you'd be ashamed this place, going up winter and summer with nothing worth while to confess at all.

---

139) Belmullet = 메이요 지방의 작은 항구.
140) yellow lady = English Lady. 영국인 부인.
141) northern shore = Achill. 섬의 북부 해안.

넬리 저게 그 사람 신발일까?

사라 ―[신발들을 집어들고]― 만약 그렇다면 그의 아버지 흔적이 있어야 해. 신문에서 살해된 사람은 피를 쏟고 또 흘린다는 거 읽은 적 없니?

수잔 사라 탠지, 저기 저게 피인가?

사라 ―[냄새를 맡으며]― 그건 흙탕물일 거야. 하지만 저것들이 그 사람 것인 것만은 틀림없어. 왜냐하면 흰 진흙, 빨간 진흙, 토탄이 묻어 있고 거기에 가는 바닷모래 흔적까지 있는 신발은 본 적이 없단 말이야. 장담컨대, 그 사람 그동안 많이 걸었어. [오른쪽으로 가서 그의 신발 한 쪽을 신어본다.]

수잔 ―[창문으로 간다.]― 어쩌면 그 사람 마이클 제임스 씨의 신발을 가지고 벨뮬렛으로 도망갔고, 사라 탠지, 네가 그 사람을 추적해야 할지도 몰라. 너는 아킬섬 북부 해안에서 영국인 부인에게 호통을 친 남자를 보려고 나귀를 직접 마차에 매서 십 마일을 달려 간 적이 있잖아. [밖을 내다본다.]

사라 [한 쪽 신을 신은 채 창문으로 달려가며.] ―그만해. 우리 오늘 허탕 친 거야. [다른 쪽 신도 신으면서.] 양쪽 다 나에게 잘 맞아. 가지고 있다가 여름이나 겨울에 고해성사 할 것이 없을 때 이 집에 온 게 부끄러워지면 신부님께 신고 가야지.

HONOR　　　—[who has been listening at the door.]— **Whisht! there's someone inside the room.** (She pushes door a chink open.) **It's a man.** [Sara kicks off boots and puts them where they were. They all stand in a line looking through chink.]

SARA　　　**I'll call him. Mister! Mister!** (He puts in his head.) **Is Pegeen within?**

CHRISTY　　—[coming in as meek as a mouse, with the looking-glass held behind his back.]— **She's above on the cnuceen,**[142] **seeking the nanny goats, the way she'd have a sup of goat's milk for to colour my tea.**

SARA　　　**And asking your pardon, is it you's the man killed his father?**

CHRISTY　　—[sidling toward the nail where the glass was hanging.]— **I am, God help me!**

SARA　　　—[taking eggs she has brought.]— **Then my thousand welcomes to you, and I've run up with a brace of**[143] **duck's eggs for your food today. Pegeen's ducks is no use, but these are the real rich sort. Hold out your hand and you'll see it's no lie I'm telling you.**

CHRISTY　　—[coming forward shyly, and holding out his left hand.]— **They're a great and weighty size.**

SUSAN　　　**And I run up with a pat of butter, for it'd be a poor thing to have you eating your spuds dry, and you after running a great way since you did destroy your da.**

CHRISTY　　**Thank you kindly.**

---

142) cnuceen = 작은 언덕.
143) brace = a pair of. 두 개.

오너 ─[문에서 듣고 있다가] 쉿! 방 안에 누군가 있어. (문을 조금 연다.) 남자다. [사라는 신발을 발로 차듯이 벗어 제자리에 갖다 놓는다. 그들은 모두 일렬로 서서 문틈을 들여다본다.]

사라 내가 그 사람을 부를게. 이봐요! 이봐요! [크리스티가 머리를 들이민다.] 페긴 안에 있나요?

크리스티 [등 뒤에 거울을 감추고 유순한 생쥐처럼 들어온다.] ─페긴은 내 차에 넣을 염소젖을 구하려고 암염소를 찾으러 동산에 갔어요.

사라 실례합니다만, 당신이 아버지를 죽인 그 사람인가요?

크리스티 [거울이 걸려 있는 못 쪽으로 옆걸음질을 하며.] 그렇습니다, 하느님 도와주소서.

사라 ─[가져온 달걀을 꺼내며.]─ 그렇다면 당신을 진심으로 환영합니다. 저는 오늘 당신의 식사를 위해 오리알 두 개를 가지고 달려왔어요. 페긴네 오리들은 아무 쓸모가 없지요. 이것들은 진짜 좋은 것들이지요. 손을 내밀어보세요. 장담컨대, 거짓말이 아니라는 걸 아실 거예요.

크리스티 ─[수줍게 다가와서 왼손을 내민다.]─ 크고 묵직하군요.

수잔 저는 버터 한 덩어리를 가지고 달려왔지요. 아버지를 박살내고 먼 길을 달려왔는데 감자를 그냥 드시게 한다는 건 말이 안 되지요.

크리스티 대단히 고맙습니다.

HONOR And I brought you a little cut[144] of cake, for you should have a thin stomach on you[145], and you that length walking the world.

NELLY And I brought you a little laying pullet — boiled and all she is — was crushed at the fall of night by the curate's car. Feel the fat of that breast, Mister.

CHRISTY It's bursting, surely. [He feels it with the back of his hand, in which he holds the presents.]

SARA Will you pinch it? Is your right hand too sacred for to use at all? (She slips round behind him.) It's a glass he has. Well, I never seen to this day a man with a looking-glass held to his back. Them that kills their fathers is a vain lot surely. [Girls giggle.]

CHRISTY —[smiling innocently and piling presents on glass.] — I'm very thankful to you all to-day...

WIDOW QUIN —[coming in quickly, at door.] — Sara Tansey, Susan Brady, Honor Blake! What in glory has you here at this hour of day?

GIRLS —[giggling.] That's the man killed his father.

WIDOW QUIN —[coming to them.] — I know well it's the man; and I'm after putting him down[146] in the sports below for racing, leaping, pitching, and the Lord knows what.

SARA —[exuberantly.] That's right, Widow Quin. I'll bet my dowry that he'll lick the world.

---

144) cut = slice.

145) have a thin stomach on you = 배가 고프다.

146) putting him down = entering him. 참가신청을 하다.

오너 　저는 케익 한 조각을 가져왔어요. 그 먼 거리를 걸었으니 배가 고
　　　프시겠지요.

넬리 　나는 저녁때 부목사님 차에 치여 으스러진 조그만 산란계 한 마
　　　리를 삶아서 가지고 왔지요. 가슴의 기름덩이를 만져보세요.

크리스티 　토실토실하군요. [선물을 든 손의 손등으로 그 감촉을 느낀다.]

사라 　손가락으로 뜯어보시겠어요? 당신의 오른 손은 너무 신성해서 사
　　　용하지 않나요? (살며시 그의 뒤로 돈다.) 거울을 가지고 있어. 등
　　　뒤에 거울을 가지고 다니는 남자는 처음 봐. 아버지를 죽이는 사
　　　람들은 멋을 부리길 좋아하나봐. [소녀들이 깔깔댄다.]

크리스티 　[순진하게 웃으며 거울에 선물을 쌓아놓는다.] 오늘 여러분 모두에게 감
　　　사드려요.

과부 퀸 　—[급히 들어오면서, 문에서]— 사라 탠지, 수잔 브레이디, 오너 블레
　　　이크! 이 시간에 왜 여기 있는 거지?

소녀들 　[깔깔거리며] 저 사람이 아버지를 죽인 사람이에요.

과부 퀸 　—[그들에게 다가간다.]— 나도 알아. 그래서 저 사람을 저 아래 체
　　　육대회에서 달리기, 경마, 던지기 등등에 참가하도록 등록했어.

사라 　—[열광적으로] 잘하셨어요, 퀸 아주머니. 그 사람을 당할 사람이
　　　없다는 데 내 결혼지참금을 걸 거예요.

WIDOW QUIN	If you will, you'd have a right to have him fresh and nourished in place of nursing a feast. (Taking presents.) Are you fasting or fed, young fellow?
CHRISTY	Fasting, if you please.
WIDOW QUIN	—[loudly.] Well, you're the lot. Stir up now and give him his breakfast. (To Christy.) Come here to me (she puts him on bench beside her while the girls make tea and get his breakfast) and let you tell us your story before Pegeen will come, in place of grinning your ears off like the moon of May.
CHRISTY	—[beginning to be pleased.] — It's a long story; you'd be destroyed listening.
WIDOW QUIN	Don't be letting on to be shy, a fine, gamey, treacherous lad the like of you. Was it in your house beyond you cracked his skull?
CHRISTY	—[shy but flattered.] — It was not. We were digging spuds in his cold, sloping, stony, divil's patch of a field.
WIDOW QUIN	And you went asking money of him, or making talk of getting a wife would drive him from his farm?
CHRISTY	I did not, then; but there I was, digging and digging, and "You squinting idiot," says he, "let you walk down now and tell the priest you'll wed the Widow Casey in a score of days."
WIDOW QUIN	And what kind was she?

과부 퀸	만약 그렇다면 잔치 준비 대신에 쉬면서 잘 먹여야지. (선물을 들어보며) 총각, 아침식사 했나요? 안했나요?
크리스티	안했어요.
과부 퀸	―[큰 소리로] 이봐요 아가씨들. 움직이라구. 저 사람 아침을 차려 줘야지. (크리스티에게) 이리 오세요. (아가씨들이 차를 끓이고 그의 아침식사를 준비하는 동안 크리스티를 자기 옆에 앉게 한다.) 그리고 오월의 달처럼 입이 귀에 걸리도록 웃지만 말고 페긴이 오기 전에 우리에게 총각 이야기를 좀 해줘요.
크리스티	―[기분이 좋아지기 시작한다.]―이야기가 길어요. 들다가 지칠걸요.
과부 퀸	총각처럼 멋지고 용감하고 무서운 사람이 수줍은 척 하다니 당치 않아요. 아버지의 머리를 박살낸 것이 집 안에서였나요?
크리스티	―[수줍어하면서도 기분이 좋다.]― 아니요. 둘이서 추운, 비탈 돌짝 밭에서 감자를 캐고 있었어요.
과부 퀸	아버지에게 돈을 달라고 했거나, 아버지를 농장에서 내쫓을 여자와 결혼하겠다고 했나요?
크리스티	그건 아니었어요. 나는 땅을 파고 또 팠지요. 아버지는 말했어요. "이 사팔뜨기 멍청아, 내려가서 신부님에게 네가 과부댁 케이시와 20일 후에 결혼하겠다고 해."
과부 퀸	어떤 여자인데요?

CHRISTY   —[with horror.]— A walking[147] terror from beyond the hills, and she two score and five years, and two hundredweights and five pounds[148] in the weighing scales, with a limping leg on her, and a blinded eye, and she a woman of noted misbehaviour with the old and young.

GIRLS   —[clustering round him, serving him.]— Glory be.

WIDOW QUIN   And what did he want driving you to wed with her? [She takes a bit of the chicken.]

CHRISTY   —[eating with growing satisfaction.] He was letting on I was wanting a protector from the harshness of the world, and he without a thought the whole while but how he'd have her hut to live in and her gold to drink.[149]

WIDOW QUIN   There's maybe worse than a dry hearth and a widow woman and your glass at night. So you hit him then?

CHRISTY   —[getting almost excited.]— I did not. "I won't wed her," says I, "when all know she did suckle me for six weeks when I came into the world, and she a hag this day with a tongue on her has the crows and seabirds scattered, the way they wouldn't cast a shadow on her garden with the dread of her curse."

WIDOW QUIN   —[teasingly.] That one should be right company.

SARA   —[eagerly.] Don't mind her. Did you kill him then?

---

147) walking = 살아있는.
148) two hundredweights and five pounds = 229파운드.
149) her gold to drink = 그녀의 돈으로 술을 마시려고.

크리스티 　―[공포심에]―언덕 너머 사는 걸어다니는 폭탄이었지요. 나이는 마흔다섯, 몸무게 205파운드에, 한 쪽 다리를 절뚝거리고 눈은 애꾸눈인데다가 남녀노소 불문하고 거칠게 대하죠.

아가씨들 　―[그의 주변으로 모여들어 음식을 차리며.] 하느님께 영광 있으라.

과부 퀸 　뭣 때문에 총각을 그 여자와 강제로 결혼시키려고 했죠? [닭고기를 집는다.]

크리스티 　―[더 즐거워하며 식사를 한다.] 아버지는 내가 험한 세상에서 보호자가 필요한 것처럼 말했어요. 그런데 아버지의 생각은 단 하나 어떻게 하면 그 여자의 집에 들어가 살면서 그 여자의 돈으로 술을 마실까 하는 데 있었지요.

과부 퀸 　그건 지붕 안 새는 집에, 옆에 과부 하나 두고, 그리고 밤에 술 한 잔 하는 것보다 더 나쁜 상황이군요. 그래서 아버지를 쳤나요?

크리스티 　―[거의 흥분하기 시작하며.]― 아뇨. 나는 이렇게 말했어요. "그 여자랑 결혼하지 않을래요. 내가 태어나서 6주 동안이나 그 아줌마 젖을 먹었다는 걸 사람들이 다 알아요. 또 그 마녀 같은 여자의 입이 하도 걸어서 까마귀와 갈매기들도 도망가고 그 여자의 저주가 무서워 그 집 정원 근처에 얼씬도 하지 않아요."

과부 퀸 　[놀리듯이] 당신과 잘 어울릴 거 같은데.

사라 　―[간절한 태도로] 이 아줌마 신경 쓰지 마세요. 그래서 죽였나요?

CHRISTY   "She's too good for the like of you," says he, "and go on now or I'll flatten you out like a crawling beast has passed under a dray."[150] "You will not if I can help it," says I. "Go on," says he, "or I'll have the divil making garters of your limbs tonight." "You will not if I can help it," says I. [He sits up, brandishing his mug.]

SARA   You were right surely.

CHRISTY   ─[impressively.] With that the sun came out between the cloud and the hill, and it shining green in my face. "God have mercy on your soul," says he, lifting a scythe; "or on your own," says I, raising the loy.

SUSAN   That's a grand story.

HONOR   He tells it lovely.

CHRISTY   ─[flattered and confident, waving bone.]─ He gave a drive[151] with the scythe, and I gave a lep to the east. Then I turned around with my back to the north, and I hit a blow on the ridge of his skull, laid him stretched out, and he split to the knob of his gullet. [He raises the chicken bone to his Adam's apple.]

GIRLS   ─[together.] Well, you're a marvel! Oh, God bless you! You're the lad surely!

SUSAN   I'm thinking the Lord God sent him this road to make a second husband to the Widow Quin, and she with a great yearning to be wedded, though all dread her here. Lift him on her knee, Sara Tansey.

---

150) dray = 낮은 마차.
151) gave a drive = 공격을 하다.

크리스티	아버지는 "그 여자, 너 같은 놈에게 과분해."라고 말했어요. "하란 말야. 안 그러면 네놈을 마차에 깔린 뱀처럼 납작하게 만들어 버릴 테다." 나는 말했지요, "그렇게는 안돼요." 아버지는 이렇게 말합니다, "해! 안 그러면 오늘밤 악마를 불러 너의 사지를 양말대님으로 만들어버릴 거야." 나도 말했지요, "그렇게는 안 될 걸요." [몸을 곧추 세우고 맥주잔을 휘두른다.]
사라	정말 잘했어요.
크리스티	―[인상적으로] 구름과 언덕 사이로 해가 나와서 내 얼굴을 힘차게 비추고 있었지요. 아버지가 낫을 들어올리고 "하느님이 너의 영혼에 자비를 베푸시길 빈다."고 했어요. 나도 삽을 들어올리며 "아버지의 영혼에 하느님의 자비를 빌지요"라고 말했지요.
수잔	끝내주는 이야기로군요.
오너	이야기를 재미있게 하는군요.
크리스티	―[우쭐해지고 자신감이 생겨서 뼈를 흔들면서]― 아버지가 낫을 휘두르자 나는 동쪽으로 비켰죠. 그리고 남쪽을 향해 돌아서서 아버지 머리의 정수리를 내리쳐서 뻗게 했죠. 아버지는 머리가 식도 입구까지 갈라졌어요. [닭뼈를 목뼈까지 들어올린다.]
처녀들	―[일제히] 당신 대단해요. 신이여 축복하소서. 당신은 정말 남자예요.
수잔	나는 주 하나님이 과부댁 퀸 아줌마에게 두 번째 남편감으로 저 사람을 보낸 거라고 생각해요. 비록 모두가 아줌마를 무서워했지만 아줌마는 결혼하기를 간절히 원했잖아요. 사라 탠지! 저 사람을 아줌마 무릎에 앉혀.

WIDOW QUIN	Don't tease him.
SARA	—[going over to dresser and counter very quickly, and getting two glasses and porter.]— You're heroes surely, and let you drink a supeen with your arms linked like the outlandish[152] lovers in the sailor's song. (She links their arms and gives them the glasses.) There now. Drink a health to the wonders of the western world, the pirates, preachers, poteen-makers, with the jobbing[153] jockies; parching peelers,[154] and the juries fill their stomachs selling judgments of the English law.[155] [Brandishing the bottle.]
WIDOW QUIN	That's a right toast, Sara Tansey. Now Christy. [They drink with their arms linked, he drinking with his left hand, she with her right. As they are drinking, Pegeen Mike comes in with a milk can and stands aghast. They all spring away from Christy. He goes down left. Widow Quin remains seated.]
PEGEEN	—[angrily, to Sara.]— What is it you're wanting?
SARA	—[twisting her apron.]— An ounce of tobacco.
PEGEEN	Have you tuppence?
SARA	I've forgotten my purse.
PEGEEN	Then you'd best be getting it and not fooling us here. (To the Widow Quin, with more elaborate scorn.) And what is it you're wanting, Widow Quin?
WIDOW QUIN	—[insolently.] A penn'orth[156] of starch.

---

152) outlandish = 외국의.
153) jobbing = for hire.
154) parching peelers = thirsty policemen. 목마른 경찰관들.
155) selling judgments of the English law = 즉, 배심원들이 돈을 받고 판결을 하는 일을 말함.
156) A penn'orth = 1페니 어치.

과부 퀸   저 사람 놀리지들 마.

사라   [얼른 찬장과 카운터로 가서 잔 두 개와 포도주를 가져온다.] 두 분은 진정 영웅들입니다. 그래서 선원의 노래에 나오는 외국의 연인들처럼 팔을 끼고 러브샷을 하게 해드릴게요. [그들이 서로 팔을 끼게 하고 술 잔을 준다.] 자, 됐어요. 서부지방의 경이로운 사람들, 그러니까 해적들, 성직자들, 불법위스키업자들, 떠돌이 기수들에게 건배합시다. 술 좋아하는 경찰관들과 배심원들은 영국법의 판결문을 팔아서 그들의 배를 채우죠. [병을 휘두르며]

과부 퀸   그거 기막힌 건배사야, 사라 탠지. 자 크리스티 씨. [두 사람은 팔을 서로 낀 채 크리스티는 왼 손으로 과부댁은 오른 손으로, 러브샷을 한다. 그들이 술을 마시는 도중에 페긴이 우유깡통을 들고 들어오다가 소스라치게 놀란다. 사람들이 모두 크리스티에게서 물러난다. 크리스티가 왼쪽으로 간다. 과부댁 퀸은 그대로 앉아 있다.]

페긴   ―[사라에게 화를 내며]― 뭘 사러 왔죠?

사라   ―[앞치마를 비비꼬며]― 담배 1온스요.

페긴   ―2페니 있어요?

사라   깜빡 잊고 지갑을 안 가져왔어요.

페긴   그럼 여기서 장난치지 말고 지갑이나 가져와요. [좀 더 섬세한 경멸을 섞어 과부댁 퀸에게.] 과부댁 퀸 아주머니는 뭘 드릴까요?

과부 퀸   [거만하게] 녹말가루 1페니 어치.

PEGEEN —[breaking out.] — And you without a white shift[157] or a shirt in your whole family since the drying of the flood. I've no starch for the like of you, and let you walk on now to Killamuck.

WIDOW QUIN —[turning to Christy, as she goes out with the girls.] — Well, you're mighty huffy[158] this day, Pegeen Mike, and, you young fellow, let you not forget the sports and racing when the noon is by. [They go out.]

PEGEEN —[imperiously.] Fling out that rubbish and put them cups away. (Christy tidies away in great haste). Shove in the bench by the wall. (He does so.) And hang that glass on the nail. What disturbed it at all?

CHRISTY —[very meekly.] — I was making myself decent only, and this a fine country for young lovely girls.

PEGEEN —[sharply.] Whisht your talking of girls. [Goes to counter right.]

CHRISTY Wouldn't any wish to be decent in a place...

PEGEEN Whisht I'm saying.

CHRISTY —[looks at her face for a moment with great misgivings, then as a last effort, takes up a loy,[159] and goes towards her, with feigned assurance]. — It was with a loy the like of that I killed my father.

PEGEEN —[still sharply.] — You've told me that story six times since the dawn of day.

---

157) shift = 여성용 속옷, 슈미즈.
158) huffy = 오만한.
159) loy = 폭이 좁은 삽.

페긴	─[화를 내며.] ─ 노아의 홍수 이래로 아줌마 가족 어느 누구도 하얀 속치마나 셔츠 없이 살았잖아요. 아줌마에게 줄 녹말가루는 없으니 당장 킬라먹까지 걸어가세요.
과부 퀸	─[아가씨들과 나가면서 크리스티를 향해 돌아서며] 페긴 마이크, 오늘 상당히 까칠하네. 그리고 젊은 총각, 정오경에 운동경기와 경주가 있다는 거 잊지 말아요. [그들이 나간다.]
페긴	[명령조로] 저 쓰레기 내다 버리고 컵들 치우세요. [크리스티는 잽싸게 정리정돈을 한다.] 벤치를 벽 쪽으로 밀어 넣어요. [크리스티가 그렇게 한다.] 저 거울을 못에 걸어요. 뭣 때문에 저걸 꺼냈지요?
크리스티	─[온순하게]─외모에 좀 신경을 쓰고 있었지요. 여긴 젊고 아름다운 아가씨들의 고장이잖아요.
페긴	[날카롭게.] 아가씨들 이야길랑은 그만두세요! [카운터 오른쪽으로 간다.]
크리스티	어느 누군들 이런 곳에서 멋지게 보이고 싶지...
페긴	조용히 하라니까요.
크리스티	─[잠시 몹시 불안하게 그녀의 얼굴을 바라보고, 그 다음 마지막으로 자신감이 있는 척 삽을 들고 그녀 쪽으로 간다.]─내가 바로 이렇게 생긴 삽으로 아버지를 죽였죠.
페긴	─[여전히 날카롭게]─ 아침부터 그 이야기를 여섯 번이나 했어요.

CHRISTY —[reproachfully.] It's a queer thing you wouldn't care to be hearing it and them girls after walking four miles to be listening to me now.

PEGEEN —[turning round astonished.]— Four miles.

CHRISTY —[apologetically.] Didn't himself say there were only bona fides living in the place?

PEGEEN It's bona fides by the road they are, but that lot came over the river lepping the stones. It's not three perches when you go like that, and I was down this morning looking on the papers the post-boy does have in his bag. (With meaning and emphasis.) For there was great news this day, Christopher Mahon. [She goes into room left.]

CHRISTY —[suspiciously.] Is it news of my murder?

PEGEEN —[inside.] Murder, indeed.

CHRISTY —[loudly.] A murdered da?

PEGEEN [coming in again and crossing right.]— There was not, but a story filled half a page of the hanging of a man. Ah, that should be a fearful end, young fellow, and it worst of all for a man who destroyed his da, for the like of him would get small mercies, and when it's dead he is, they'd put him in a narrow grave, with cheap sacking wrapping him round, and pour down quicklime on his head, the way you'd see a woman pouring any frish-frash from a cup.

크리스티	─[나무라듯이]─그 아가씨들은 내 이야기를 들으려고 4마일을 걸어왔는데 당신은 듣고 싶어 하지 않다니 이상하군요.
페긴	[놀라서 돌아선다.]─ 4마일이나.
크리스티	[사과하듯이] 당신 아버님이 여기엔 여행객밖에 없다고 말씀하시지 않았나요?
페긴	길을 따라 오는 사람들이 여행자들이지요. 그런데 저 사람들은 징검다리를 지나 강을 건너왔어요. 그렇게 오면 15미터도 되지 않아요. 그리고 오늘 아침 내려가서 우편배달부가 가방에 가지고 있는 신문을 보았어요. (의미를 가지고 강조하며) 크리스토퍼 마흔 씨, 오늘 대단한 뉴스가 있었지요. [왼쪽의 방으로 들어간다.]
크리스티	─[의심스럽다는 듯] 내 살인 기사인가요?
페긴	─[안에서] 네, 살인이죠.
크리스티	─[큰소리로] 아버지 살인사건인가요?
페긴	[다시 들어와 오른쪽으로 가로질러 가며]─그건 아니고, 한 페이지의 절반 정도가 어떤 남자의 교수형 이야기로 채워졌죠. 아, 끔찍한 최후였을 거예요. 무엇보다도 아버지를 죽인 사람의 처형이었죠. 그런 사람에게 관용이란 없죠. 죽고 나서도 싸구려 천으로 둘둘 감고, 요리할 때 뒤섞은 재료를 들이붓듯 시신의 머리에 생석회를 뿌린 다음 좁은 묘지에 묻지요.

CHRISTY　—[very miserably.] — Oh, God help me. Are you thinking I'm safe? You were saying at the fall of night, I was shut of jeopardy[160] and I here with yourselves.

PEGEEN　—[severely.] You'll be shut of jeopardy no place if you go talking with a pack of wild girls the like of them do be walking abroad with the peelers, talking whispers at the fall of night.

CHRISTY　—[with terror.] — And you're thinking they'd tell?

PEGEEN　—[with mock sympathy.] — Who knows, God help you.

CHRISTY　—[loudly.] What joy would they have to bring hanging to the likes of me?

PEGEEN　It's queer joys they have, and who knows the thing they'd do, if it'd make the green stones cry itself to think of you swaying and swiggling[161] at the butt of a rope, and you with a fine, stout neck, God bless you! the way you'd be a half an hour, in great anguish, getting your death.

CHRISTY　—[getting his boots and putting them on.] — If there's that terror of them, it'd be best, maybe, I went on wandering like Esau or Cain and Abel on the sides of Neifin[162] or the Erris plain[163].

---

160) shut of jeopardy = free of danger. 위험을 면하다.
161) swiggle = swing plus wriggle.
162) Neifin = Mayo에 있는 산 이름.
163) Erris plain = 북서부 Mayo.

크리스티	－[아주 괴로워하며]－오, 하느님 도와주세요. 난 안전할까요? 어제 저녁에 당신은 내가 여기에 당신하고 있으니 위험에서 벗어났다고 했어요.
페긴	[매몰차게] 당신이 경찰들과 다니며 밤에 귓속말을 속삭이는 그런 여자애들 무리와 계속 어울린다면 어디서도 위험에서 벗어날 수 없을걸요.
크리스티	－[공포에 질려]－그 여자들이 고자질할 거라고 생각해요?
페긴	－[동정하는 척하며]－아무도 모르죠. 하느님이 당신을 도와주시길.
크리스티	－[큰 소리로] 나 같은 사람을 목매달아서 무슨 즐거움이 있을까요?
페긴	그 사람들은 괴상한 취미를 가지고 있어요. 예쁘고 튼튼한 목을 가진 당신이, 하느님 축복하소서, 밧줄 끝에 매달려 꿈틀거리며 반 시간에 걸쳐 고통 속에서 죽어갈 걸 생각하면 이끼 낀 돌들도 눈물을 흘릴 텐데, 그들이 무슨 짓을 할지 알 수 없죠.
크리스티	－[신발을 가져와 신으며]－ 그렇게 무서운 사람들이라면 저는 네이핀 산이나 에리스 평원에서 에서나 카인과 아벨처럼 떠돌이 생활을 하는 게 낫겠어요.

PEGEEN [beginning to play with him.] — It would, maybe, for I've heard the Circuit Judges[164] this place is a heartless crew.

CHRISTY — [bitterly.] It's more than Judges this place is a heartless crew. (Looking up at her.) And isn't it a poor thing to be starting again and I a lonesome fellow will be looking out on women and girls the way the needy fallen spirits do be looking on the Lord?

PEGEEN What call have you to be that lonesome when there's poor girls walking Mayo in their thousands now?

CHRISTY — [grimly.] It's well you know what call I have. It's well you know it's a lonesome thing to be passing small towns with the lights shining sideways when the night is down, or going in strange places with a dog nosing before you and a dog nosing behind, or drawn to the cities where you'd hear a voice kissing and talking deep love in every shadow of the ditch, and you passing on with an empty, hungry stomach failing from your heart.

PEGEEN I'm thinking you're an odd man, Christy Mahon. The oddest walking fellow I ever set my eyes on to this hour to-day.

CHRISTY What would any be but odd men and they living lonesome in the world?

PEGEEN I'm not odd, and I'm my whole life with my father only.

---

164) Circuit Judges = 순회판사들.

페긴   ―[그에게 장난치기를 시작하며]― 그럴지도 몰라요. 이곳 순회판사
       들은 무자비한 사람들이라고 들었거든요.

크리스티 ―[참담해서] 무자비한 판사들만 문제가 되는 건 아닙니다. (그녀를
       올려다보며) 나 같이 외로운 친구가 다시 길을 떠나, 타락한 불쌍
       한 영들이 주님을 바라보듯, 아가씨들과 아줌마들을 먼발치로 바
       라봐야 한다는 건 슬픈 일이 아닌가요?

페긴   이제 메이요엔 아가씨들이 수천 명씩 몰려들텐데 당신이 외로울
       까닭이 있나요?

크리스티 ―[침울하게] 왜 그러는지 잘 알면서 그러시는군요. 어두운 밤에
       불빛이 비스듬 새어나오는 작은 읍을 지나거나, 개가 앞뒤에서
       킁킁거리는 이상한 마을에 들어갈 때, 또는 도시에서 울타리 그
       늘마다 키스하며 깊은 사랑을 나누는 목소리를 들으며 아픈 가슴
       과 주린 배를 안고 지나가는 것이 얼마나 서러운지 당신은 잘 알
       잖아요.

페긴   크리스티 마흔, 당신은 특이한 사람이라는 생각이 들어요. 내가
       지금까지 만난 가장 특이한 사람이요.

크리스티 특이한 사람이 아니라면 이렇게 홀로 외롭게 살겠어요?

페긴   난 특이하지 않아요. 난 평생 우리 아버지하고 단 둘이죠.

CHRISTY —[with infinite admiration.] — How would a lovely handsome woman the like of you be lonesome when all men should be thronging around to hear the sweetness of your voice, and the little infant children should be pestering your steps I'm thinking, and you walking the roads.

PEGEEN I'm hard set to know what way a coaxing fellow the like of yourself should be lonesome either.

CHRISTY Coaxing?

PEGEEN Would you have me think a man never talked with the girls would have the words you've spoken to-day? It's only letting on you are to be lonesome, the way you'd get around me now.

CHRISTY I wish to God I was letting on; but I was lonesome all times, and born lonesome, I'm thinking, as the moon of dawn. [Going to door.]

PEGEEN —[puzzled by his talk.] — Well, it's a story I'm not understanding at all why you'd be worse than another, Christy Mahon, and you a fine lad with the great savagery to destroy your da.

CHRISTY It's little I'm understanding myself, saving only that my heart's scalded[165] this day, and I going off stretching out the earth between us, the way I'll not be waking near you another dawn of the year till the two of us do arise to hope or judgment with the saints of God, and now I'd best be going with my wattle[166] in my hand, for hanging

---

165) scalded = 괴로운.
166) wattle = 막대기, 지팡이.

크리스티　－[무한한 감탄과 함께]－ 당신처럼 사랑스럽고 아름다운 여성이 어떻게 혼자 산다는 거죠? 모든 남자들이 당신의 달콤한 목소리를 들으러 모여들고, 당신의 걸음마다 어린 아이들이 귀찮게 할 것 같아요.

페긴　당신처럼 언변 좋은 사람이 어째서 외롭다는 건지 이해할 수 없어요.

크리스티　언변이 좋다고요?

페긴　당신이 여자랑 얘기해본 적도 없는데 오늘 한 말들을 알고 있다고 믿으라는 건가요? 나한테 말을 붙이기 위해 그냥 외로운 척하는 거죠.

크리스티　내가 척하는 거라면 차라리 좋겠어요. 사실 나는 언제나 외로웠고, 새벽달처럼 외롭게 태어난 거 같아요. [문으로 간다.]

페긴　－[그의 말에 어리둥절하여]－ 크리스티 마흔 씨, 당신은 아버지를 죽일 정도로 용감무쌍한 멋진 청년인데 다른 사람들보다 더 외로웠다는 게 이해되지 않아요.

크리스티　내가 오늘 마음의 상처를 입고 떠나 우리 사이의 거리가 멀어지게 되고, 그래서 최후의 심판 때 성자들과 함께 깨어날 때까지 일 년 중 하루도 당신 옆에서 잠을 깰 수 없다는 것 외에는 아무 것도 모르겠어요. 이제 지팡이를 짚고 떠나야겠어요. 교수형은

is a poor thing (turning to go), and it's little welcome only is left me in this house to-day.

PEGEEN ─[sharply.] Christy! (He turns round.) Come here to me. (He goes towards her.) Lay down that switch[167] and throw some sods[168] on the fire. You're pot-boy in this place, and I'll not have you mitch off[169] from us now.

CHRISTY You were saying I'd be hanged if I stay.

PEGEEN ─[quite kindly at last.]─ I'm after going down and reading the fearful crimes of Ireland for two weeks or three, and there wasn't a word of your murder. (Getting up and going over to the counter.) They've likely not found the body. You're safe so with ourselves.

CHRISTY ─[astonished, slowly.]─ It's making game of me you were (following her with fearful joy), and I can stay so,[170] working at your side, and I not lonesome from this mortal[171] day.

PEGEEN What's to hinder you from staying, except the widow woman or the young girls would inveigle you off?[172]

CHRISTY ─[with rapture.]─ And I'll have your words from this day filling my ears, and that look is come upon you meeting my two eyes, and I watching you loafing around in the warm sun, or rinsing your ankles when the night is come.

---

167) switch = 막대기.
168) sods = 토탄 덩어리.
169) mitch off = 몰래 달아나다.
170) so = 그렇다면.
171) mortal = very.
172) inveigle you off = 꼬여내다.

끔찍하고 (가려고 돌아선다.) 오늘 이 집에서 나는 환영 받지 못하니까요.

페긴 　ㅡ[날카롭게] 크리스티! (그가 돌아선다.) 이리 오세요. (그가 그녀에게로 간다.) 막대기를 내려놓고 토탄 덩어리를 불에 넣으세요. 당신은 이 집 사환인데 그냥 가버리게 내버려둘 순 없죠.

크리스티 　내가 여기 있으면 교수형 당할 거라고 했잖아요.

페긴 　ㅡ[마침내 아주 다정하게]ㅡ 내가 내려가서 지난 2, 3주 동안 아일랜드에서 일어난 끔찍한 범죄기사를 보고 왔는데, 당신의 살인에 관한 건 한 마디도 없었어요. [일어나 카운터로 간다] 아직 시체를 못 찾았나 봐요. 우리와 있으면 안전해요.

크리스티 　[놀라서, 천천히] 나에게 장난친 거였군요. (두려움 섞인 기쁨으로 그녀를 따라간다.) 그렇다면 여기 머물면서 당신 곁에서 일하고, 오늘부터는 외롭지 않겠군요.

페긴 　과부나 처녀들이 꾀어내지 않으면 당신이 여기 있지 말아야 할 이유가 있나요?

크리스티 　ㅡ[황홀하여]ㅡ오늘부터는 당신의 말이 내 귀를 채우고, 당신의 얼굴이 내 두 눈을 만날 것입니다. 나는 당신이 따뜻한 햇볕 속을 걷는 것을 바라볼 것이고, 밤이 되면 당신의 발목을 씻어줄 것입니다.

PEGEEN ―[kindly, but a little embarrassed.] I'm thinking you'll be a loyal young lad to have working around, and if you vexed me a while since[173] with your leaguing[174] with the girls, I wouldn't give a thraneen[175] for a lad hadn't a mighty spirit in him and a gamey heart. [Shawn Keogh runs in carrying a cleeve[176] on his back, followed by the Widow Quin.]

SHAWN ―[to Pegeen.]― I was passing below, and I seen your mountainy sheep eating cabbages in Jimmy's field. Run up or they'll be bursting surely.

PEGEEN Oh, God mend[177] them! [She puts a shawl over her head and runs out.]

CHRISTY ―[looking from one to the other. Still in high spirits.]― I'd best go to her aid maybe. I'm handy with ewes.

WIDOW QUIN ―[closing the door.]― She can do that much, and there is Shaneen has long speeches for to tell you now. [She sits down with an amused smile.]

SHAWN ―[taking something from his pocket and offering it to Christy.]― Do you see that, mister?

CHRISTY ―[looking at it.]― The half of a ticket to the Western States![178]

---

173) a while since = 조금 전에.
174) leaguing = 한 패가 되어.
175) thraneen = 풀 한포기.
176) cleeve = 큰 바구니.
177) God mend = 신이 야단치소서.
178) The half of a ticket to the Western States = 미국행 편도 티켓.

페긴 　ー[다정하면서도 약간 당황하여] 당신은 곁에 두고 일을 시키기엔 충
　　　직한 청년 같아 보여요. 조금 전에 당신이 여자 애들과 어울려서
　　　나를 속상하게 했지만, 강인한 정신력과 활달한 마음이 없는 남
　　　자에겐 난 관심 없어요. [숀 키오그가 등에 큰 바구니를 메고 달려 들어
　　　온다. 과부댁 퀸이 따라 들어온다.]

숀 　ー[페긴에게]ー저 아래 지나가다가 당신네 산양이 지미네 밭에서
　　　양배추를 뜯어먹는 걸 보았어. 빨리 가봐. 양들의 배가 터질지도
　　　몰라.

페긴 오, 하느님 맙소사. [머리에 숄을 걸치고 달려나간다]

크리스티 ー[이 사람 저 사람을 번갈아 쳐다본다. 아직도 흥분상태다.]ー페긴을 도
　　　와주러 가야겠어요. 나는 숫양을 다룰 줄 알아요.

과부 퀸 ー[문을 닫으며]ー그건 페긴도 할 수 있어요. 지금 꼬마 숀이 당신
　　　에게 차분히 할 말이 있어요.

숀 　ー[주머니에서 뭔가 꺼내서 크리스티에게 내민다.] 이게 뭔지 아세요?

크리스티 [그것을 본다.] ー 미국행 편도 티켓이잖아!

SHAWN ─[trembling with anxiety.] ─ I'll give it to you and my new hat (pulling it out of hamper[179]); and my breeches with the double seat[180] (pulling it off); and my new coat is woven from the blackest shearings[181] for three miles around (giving him the coat); I'll give you the whole of them, and my blessing, and the blessing of Father Reilly itself, maybe, if you'll quit from this and leave us in the peace we had till last night at the fall of dark.

CHRISTY ─[with a new arrogance.] ─ And for what is it you're wanting to get shut of me?

SHAWN ─[looking to the Widow for help.] ─ I'm a poor scholar with middling faculties to coin a lie,[182] so I'll tell you the truth, Christy Mahon. I'm wedding with Pegeen beyond, and I don't think well of having a clever fearless man the like of you dwelling in her house.

CHRISTY ─[almost pugnaciously.] ─ And you'd be using bribery for to banish me?

SHAWN ─[in an imploring voice.] ─ Let you not take it badly, mister honey, isn't beyond[183] the best place for you where you'll have golden chains and shiny coats and you riding upon hunters[184] with the ladies of the land. [He makes an eager sign to the Widow Quin to come to help him.]

---

179) hamper = 큰 바구니.
180) breeches with the double seat = 엉덩이 부분을 두 겹으로 댄 바지.
181) shearings = 깎은 양털.
182) with middling faculties to coin a lie = 거짓말 하는 재주가 별로 없는.
183) beyond = 미국에 건너가서.
184) hunters = 사냥용 말.

손　　　一[불안에 떨며.]― 그것과 내 새 모자(바구니에서 모자를 꺼낸다.).
　　　그리고 엉덩이를 두 겹으로 댄 바지(바지를 끄집어낸다.)와 반경 3
　　　마일 안에서 가장 검은 양털로 짠 내 코트를(크리스티에게 코트를 준
　　　다.) 드리겠어요. 당신이 여기를 떠나고 우리가 지난밤까지 누렸
　　　던 평화를 돌려준다면 이것들 전부와 나의 축복, 그리고 아마도
　　　라일리 신부님의 축복까지도 빌어드리겠어요.

크리스티　―[더욱 오만해지며]― 왜 나를 쫓아내려는 거죠?

손　　　一[도움을 청하듯 과부를 쳐다본다.]―나는 거짓말을 할 줄 몰라요.
　　　그래서 사실대로 말할게요, 크리스티 마흔 씨. 나는 페긴과 결혼
　　　합니다. 그래서 당신처럼 머리 좋고 용감한 남자가 그녀의 집에
　　　있는 게 마음 편치 않아요.

크리스티　―[거의 싸울 듯이]― 뇌물을 써서 나를 쫓아내려는 건가요?

손　　　一[애원조로]― 나쁘게 생각하지 마세요, 형씨. 황금팔찌에 번쩍
　　　거리는 외투를 입고 여성들과 말을 타고 다닐 수 있는 바다 건너
　　　나라가 당신에겐 최고의 세상 아닌가요? [과부 퀸에게 도와달라는 듯
　　　다급한 신호를 한다.]

WIDOW QUIN — [coming over.] — It's true for him, and you'd best quit off and not have that poor girl setting her mind on you, for there's Shaneen thinks she wouldn't suit you though all is saying that she'll wed you now. [Christy beams with delight.]

CHRISTY — [beaming, delighted with the clothes.] — I will then. I'd like herself to see me in them tweeds and hat. [He goes into room and shuts the door.]

SHAWN — [in great anxiety.] — He'd like herself to see them. He'll not leave us.

WIDOW QUIN He's a score of divils in him the way it's well nigh[185] certain he will wed Pegeen.

WIDOW QUIN — [jeeringly.] It's true all girls are fond of courage and do hate the like of you.

SHAWN — [walking about in desperation.] — Oh, Widow Quin, what'll I be doing now? I'd inform again him,[186] but he'd burst from Kilmainham[187] and he'd be sure and certain to destroy me. If I wasn't so God-fearing, I'd near have courage to come behind him and run a pike[188] into his side. Oh, it's a hard case to be an orphan and not to have your father that you're used to, and you'd easy kill and make yourself a hero in the sight of all. (Coming up to her.) Oh, Widow Quin, will you find me some contrivance when I've promised you a ewe?

---

185) well nigh = almost.
186) inform again him = 고발하다.
187) Kilmainham = 더블린에 있는 감옥.
188) pike = 쇠스랑.

과부 퀸 ―[다가오며]― 이 사람 말이 맞아요. 딱한 처녀가 당신에게 빠지지 않도록 떠나는 게 좋아요. 모두가 페긴이 당신과 결혼할 거라고 말한다 하더라도 꼬마 숀은 페긴이 당신과 어울리지 않는다고 생각하고 있어요.

크리스티 ―[옷들을 보고 기뻐서 활짝 웃으며]― 그렇게 하지요. 내가 트위드 외투와 모자를 쓴 걸 페긴이 봤으면 좋겠어요. [방으로 들어가 문을 닫는다.]

숀 ―[대단히 불안하여]―저 사람은 옷들을 페긴에게 보여주고 싶어해요. 여길 떠나지 않을 겁니다.

과부 퀸 저 사람 안에 악마가 수십 마리야. 페긴과 결혼하려고 할 게 거의 확실하다니까.

과부 퀸 ―[비웃듯이]― 사실 모든 여자들은 깡다구를 좋아하고 총각 같은 사람을 싫어하지.

숀 ―[절박해져서 왔다갔다하며]― 퀸 아줌마. 이제 전 어쩌면 좋아요? 저 사람을 밀고해버리고 싶은데, 그러면 반드시 킬마인함 감옥을 탈출해 나를 죽일 거예요. 내가 하느님을 정말 두려워하지 않는다면 용기를 내서 뒤로 다가가 쇠스랑으로 옆구리를 쑤셔버릴 텐데. 아, 고아는 비참하죠. 만만한 아버지도 없어 간단히 죽이고 모든 사람 앞에서 영웅이 될 수도 없어요. [그녀에게 다가가며] 오, 퀸 아줌마. 숫양 한 마리 드릴테니 좋은 작전 좀 가르쳐주시겠어요?

WIDOW QUIN	A ewe's a small thing, but what would you give me if I did wed him and did save you so?
SHAWN	—[with astonishment.] You?
WIDOW QUIN	Aye. Would you give me the red cow you have and the mountainy ram, and the right of way[189] across your rye path, and a load of dung at Michaelmas,[190] and turbary[191] upon the western hill?
SHAWN	—[radiant with hope.]— I would surely, and I'd give you the wedding-ring I have, and the loan of a new suit, the way you'd have him decent on the wedding-day. I'd give you two kids[192] for your dinner, and a gallon of poteen, and I'd call the piper on the long car[193] to your wedding from Crossmolina or from Ballina.[194] I'd give you...
WIDOW QUIN	That'll do so, and let you whisht, for he's coming now again. [Christy comes in very natty in the new clothes. Widow Quin goes to him admiringly.]
WIDOW QUIN	If you seen yourself now, I'm thinking you'd be too proud to speak to us at all, and it'd be a pity surely to have your like sailing from Mayo to the Western World.
CHRISTY	—[as proud as a peacock.]— I'm not going. If this is a poor place itself, I'll make myself contented to be lodging here. [Widow Quin makes a sign to Shawn to leave them.]

과부 퀸	고작 숫양 한 마리야. 내가 저 사람과 결혼해서 총각을 살려주면 뭘 줄 테야?
숀	아줌마가요?
과부 퀸	그래. 붉은 암소랑, 산양 암컷 한 마리, 총각네 호밀밭 길 통행권, 미카엘마스 때 거름 한 수레, 그리고 서쪽 언덕의 토탄을 캘 수 있도록 해줄 수 있어?
숀	―[희망으로 밝아지며] ― 물론이죠. 내 결혼반지를 드릴게요. 그리고 결혼식 날 저 사람 멋져 보이도록 새 양복 한 벌도 빌려드릴게요. 만찬을 위해 새끼 양 두 마리와 위스키 1갤런을 드리고, 결혼식에 크로스몰리나 마을이나 발리나 마을에서 포장마차 악사를 불러드리지요. 또 드릴 것은...
과부 퀸	그럼 됐어. 총각은 조용히 있어. 그 사람 다시 나온다.
	[크리스티는 새 옷을 입고 말쑥하게 등장한다. 과부 퀸이 감탄하며 그에게 다가간다.]
과부 퀸	당신이 지금 당신의 모습을 볼 수 있다면, 오만해져서 우리와 상대하려 하지 않을 거 같은데요. 당신 같은 사람이 배를 타고 메이요에서 미국으로 간다니 섭섭해요.
크리스티	―[공작처럼 거만해져서] ― 전 안 가요. 좋은 집은 아니지만 여기서 만족하며 지내겠어요. [과부 퀸은 숀에게 빠지라고 말한다.]

SHAWN   Well, I'm going measuring the race-course while the tide is low, so I'll leave you the garments and my blessing for the sports to-day. God bless you! [He wriggles out.]

WIDOW QUIN   —[admiring Christy.]— Well, you're mighty spruce, young fellow. Sit down now while you're quiet till you talk with me.

CHRISTY   —[swaggering.] I'm going abroad on the hillside for to seek Pegeen.

WIDOW QUIN   You'll have time and plenty for to seek Pegeen, and you heard me saying at the fall of night the two of us should be great company.

CHRISTY   From this out I'll have no want of company when all sorts is bringing me their food and clothing (he swaggers to the door, tightening his belt), the way they'd set their eyes upon a gallant orphan cleft his father with one blow to the breeches belt. (He opens door, then staggers back.) Saints of glory! Holy angels from the throne of light!

WIDOW QUIN   —[going over.]— What ails you?

CHRISTY   It's the walking spirit of my murdered da?

WIDOW QUIN   —[looking out.]— Is it that tramper?

CHRISTY   —[wildly.] Where'll I hide my poor body from that ghost of hell? [The door is pushed open, and old Mahon appears on threshold. Christy darts in behind door.]

WIDOW QUIN   —[in great amusement.]— God save you, my poor man.

MAHON   —[gruffly.] Did you see a young lad passing this way in the early morning or the fall of night?

WIDOW QUIN   You're a queer kind to walk in not saluting at all.

숀	자 저는 물이 빠진 동안 경주 코스를 측정하러 갑니다. 그래서 형 씨에게 운동복과 오늘의 운동경기를 위해 축복을 드립니다. 신의 축복이 있기를! [괴로워하며 나간다.]
과부 퀸	―[크리스티를 우러러보며]― 자, 젊은 양반, 멋지군요. 자, 조용한 데 앉아서 나랑 이야기 좀 해요.
크리스티	―[뽐내듯이] 저는 페긴을 찾으러 언덕 쪽으로 가볼 겁니다.
과부 퀸	페긴을 찾을 시간은 충분히 있어요. 총각은 밤에 내가 우리 둘은 멋진 친구가 될 거라고 말하는 걸 들었죠.
크리스티	이제 친구 걱정은 안 해요. 온갖 사람들이 나에게 음식이며 의복을 가져다주거든요. [허리띠를 조이고 우쭐대며 걷는다.] 사람들은 한 방에 아버지를 허리까지 두 쪽으로 갈라버린 용감한 고아에게 푹 빠져 있지요. (문을 열더니 비틀거리며 뒷걸음친다.) 영광의 성자들이여! 빛의 보좌에서 온 천사들이여!
과부 퀸	―[다가가며]― 왜 그래요?
크리스티	저게 죽은 우리 아버지의 영혼이 걸어다니는 건가요?
과부 퀸	―[내다보며]― 저 부랑자 말인가요?
크리스티	―[사납게]― 저 지옥의 유령을 피해 어디에 나의 불쌍한 몸을 숨기죠? [문이 열리고, 아버지 마흔이 문지방에 나타난다. 문 뒤로 얼른 숨는다.]
과부 퀸	―[매우 흥미로워 하며] 나그네님, 하느님이 당신을 구원하시길!
마흔	―[퉁명스럽게]―새벽이나 저녁 무렵 이쪽으로 지나가는 청년을 본 적 있나요?
과부 퀸	인사도 없이 들어오다니 이상한 사람이군요.

MAHON	Did you see the young lad?
WIDOW QUIN	−[stiffly.] What kind was he?
MAHON	An ugly young streeler[195] with a murderous gob[196] on him, and a little switch in his hand. I met a tramper[197] seen him coming this way at the fall of night.
WIDOW QUIN	There's harvest hundreds do be passing these days for the Sligo boat.[198] For what is it you're wanting him, my poor man?
MAHON	I want to destroy him for breaking the head on me with the clout of a loy. (He takes off a big hat, and shows his head in a mass of bandages and plaster, with some pride.) It was he did that, and amn't I a great wonder to think I've traced him ten days with that rent in my crown?
WIDOW QUIN	−[taking his head in both hands and examining it with extreme delight.] − That was a great blow. And who hit you? A robber maybe?
MAHON	It was my own son hit me, and he the divil a robber, or anything else, but a dirty, stuttering lout.
WIDOW QUIN	−[letting go his skull and wiping her hands in her apron.] − You'd best be wary of a[199] mortified scalp, I think they call it, lepping around with that wound in the splendour of the sun. It was a bad blow surely, and you should have vexed him fearful to make him strike that gash[200] in his da.

195) streeler = 게으름뱅이.
196) gob = 입.
197) tramper = 부랑자.
198) the Sligo boat = 계절 이주 노동자들이 스코틀랜드로 가기 위해 배를 타는 곳.
199) mortified = 곪은.
200) gash = 상처, 갈라진 틈.

마흔　그 청년을 보았나요?

과부 퀸　－[퉁명스럽게] 어떤 타입이죠?

마흔　말은 엄청 많고 작은 막대기를 든, 못생긴 게으름뱅이죠. 부랑자를 한 사람 만났는데 날이 어두워질 때 그놈이 이리 오는 걸 봤다고 하더군요.

과부 퀸　요즘 추수라 슬리고에서 배를 타려고 수백 명씩 지나가지요. 가엾은 양반, 무엇 때문에 그 청년을 찾는 건가요?

마흔　삽으로 내 머리를 박살낸 그놈을 혼내줄 겁니다. [큰 모자를 벗고 붕대와 반창고로 감긴 머리를 약간 으스대며 보여준다.] 그놈이 한 짓이죠. 머리가 이렇게 박살나고도 열흘 동안 그놈을 추적하다니 놀랍지 않나요?

과부 퀸　－[아주 즐거워하며 양손으로 그의 머리를 붙잡고 들여다본다.] － 엄청 세게 내리쳤군요. 그런데 누가 그랬죠? 아마도 강도가?

마흔　내 아들이 그랬습니다. 강도는커녕 거지같은 말더듬이 등신에 불과해요.

과부 퀸　－[마흔의 머리를 놓고 앞치마에 손을 닦는다.] － 그런 상처로 햇볕 속에 돌아다니다가 아마 두피 화농이라고 부르는 것 같던데, 그거 조심하세요. 아주 세게 맞았군요. 자기 아버지에게 이런 상처를 입힌 걸 보면 아들을 엄청나게 괴롭혔겠군요.

MAHON   Is it me?

WIDOW QUIN   —[amusing herself.] — Aye. And isn't it a great shame when the old and hardened do torment the young?

MAHON   —[raging.] Torment him is it? And I after holding out with the patience of a martyred saint till there's nothing but destruction on,[201] and I'm driven out in my old age with none to aid me.

WIDOW QUIN   —[greatly amused.] — It's a sacred wonder the way that wickedness will spoil a man.

MAHON   My wickedness, is it? Amn't I after saying it is himself has me destroyed, and he a lier on walls,[202] a talker of folly, a man you'd see stretched the half of the day in the brown ferns with his belly to the sun?

WIDOW QUIN   Not working at all?

MAHON   The divil a work, or if he did itself, you'd see him raising up a haystack like the stalk of a rush,[203] or driving our last cow till he broke her leg at the hip, and when he wasn't at that he'd be fooling over little birds he had — finches and felts[204] — or making mugs[205] at his own self in the bit of glass we had hung on the wall.

WIDOW QUIN   —[looking at Christy.] — What way was he so foolish? It was running wild after the girls may be?

---

201) destruction on = my ruination. 나의 파멸.
202) lier on walls = 게으름뱅이.
203) raising up a haystack like the stalk of a rush = 건초더미를 너무 좁게 세우다.
204) felts = 작은 새들.
205) making mugs = 인상을 찌푸리다.

마흔	내가요?
과부 퀸	─[즐거워하며]─예. 성질 고약한 늙은이가 젊은이를 괴롭히는 건 참으로 개탄할 일 아닌가요?
마흔	─[화를 내며] 걔를 괴롭혔다구요? 나는 노년에 돌봐줄 사람도 없이 내쫓겨 목숨이 간당간당할 때까지 순교성인의 인내심으로 참았는걸요.
과부 퀸	─[매우 재미가 나서]─사악함이 인간을 망치는 걸 보면 놀라워요.
마흔	내가 사악하다고요? 게으름뱅이에다가 허튼 소리꾼인 그놈이 나를 이렇게 만들었다고 하지 않았나요? 한 나절씩 햇볕에 배를 드러낸 채 갈색 고사리 숲에 누워있는 사람 본 적 있지요?
과부 퀸	일은 안 하나요?
마흔	전혀 안 해요! 일을 할 경우에는 건초더미를 곱슬줄기처럼 좁게 쌓거나, 한 마리 남은 암소를 뒷다리가 부러질 때까지 몰고 다니죠. 일을 안 할 때는 피리새 같은 작은 새들을 가지고 허튼 짓을 하거나, 벽에 걸어놓은 유리조각을 보고 인상이나 쓰고 그러죠.
과부 퀸	─[크리스티를 보며.]─ 어떤 점에서 아들이 그렇게 바보 같다는 거죠? 여자애들을 쫓아다녔나요?

MAHON	⁻[with a shout of derision.] ⁻ Running wild, is it? If he seen a red petticoat coming swinging over the hill, he'd be off to hide in the sticks, and you'd see him shooting out his sheep's eyes between the little twigs and the leaves, and his two ears rising like a hare looking out through a gap. Girls, indeed!
WIDOW QUIN	It was drink maybe?
MAHON	And he a poor fellow would get drunk on the smell of a pint. He'd a queer rotten stomach,[206] I'm telling you, and when I gave him three pulls from my pipe a while since, he was taken with contortions till I had to send him in the ass cart to the females' nurse.
WIDOW QUIN	⁻[clasping her hands.] ⁻ Well, I never till this day heard tell of a man the like of that!
MAHON	I'd take a mighty oath you didn't surely, and wasn't he the laughing joke of every female woman where four baronies[207] meet, the way the girls would stop their weeding if they seen him coming the road to let a roar at him, and call him the looney of Mahon's.
WIDOW QUIN	I'd give the world and all to see the like of him. What kind was he?
MAHON	A small low fellow.
WIDOW QUIN	And dark?
MAHON	Dark and dirty.
WIDOW QUIN	⁻[considering.] I'm thinking I seen him.

---

206) queer rotten stomach = 위장이 매우 예민하다.
207) baronies = 카운티 안의 작은 지역단위.

마흔   [비웃듯 소리 지르며] ─ 쫓아다녀요? 언덕 너머에서 빨간 속치마가 흔들거리며 오는 걸 보는 날엔 숲으로 달아나 숨어버리죠. 그리곤 작은 나뭇가지와 잎사귀들 사이로 양의 눈으로 내다보고, 두 귀는 틈새로 밖을 보는 토끼처럼 쫑긋해지지요. 여자라니, 내 참!

과부 퀸   그럼 술 때문인가요?

마흔   걘 맥주 냄새만 맡아도 취하는 한심한 녀석이죠. 위장이 아주 예민해요. 얼마 전에 내 파이프를 세 번 빨고 나서 발작을 하는 바람에 마차에 태워 조산원에 보냈어요.

과부 퀸   ─[손을 마주 잡고] ─ 그런 사람 이야기는 들어본 적이 없어요.

마흔   분명히 없을 겁니다. 그 녀석은 그 근처 네 개의 마을의 모든 여자의 웃음거리였죠. 그 녀석이 걸어오는 걸 보면 처녀들이 김을 매다 말고 큰소리로 불러서 마흔 가의 얼간이라고 놀렸어요.

과부 퀸   그런 사람이라면 꼭 만나보고 싶군요. 어떤 타입이죠?

마흔   조그맣고 별 볼일 없는 녀석이죠.

과부 퀸   까무잡잡한가요?

마흔   까맣고 추하게 생겼어요.

과부 퀸   ─[생각하며] 그 사람 본 거 같아요.

MAHON	—[eagerly.] An ugly young blackguard.
WIDOW QUIN	A hideous, fearful villain, and the spit[208] of you.
MAHON	What way is he fled?
WIDOW QUIN	Gone over the hills to catch a coasting steamer to the north or south.
MAHON	Could I pull up on[209] him now?
WIDOW QUIN	If you'll cross the sands below where the tide is out, you'll be in it as soon as himself, for he had to go round ten miles by the top of the bay. (She points to the door). Strike[210] down by the head beyond and then follow on the roadway to the north and east. [Mahon goes abruptly.]
WIDOW QUIN	—[shouting after him.]— Let you give him a good vengeance when you come up with him, but don't put yourself in the power of the law, for it'd be a poor thing to see a judge in his black cap reading out his sentence on a civil warrior[211] the like of you. [She swings the door to and looks at Christy, who is cowering in terror, for a moment, then she bursts into a laugh.]
WIDOW QUIN	Well, you're the walking Playboy of the Western World, and that's the poor man you had divided to his breeches belt.
CHRISTY	—[looking out: then, to her.]— What'll Pegeen say when she hears that story? What'll she be saying to me now?

---

208) spit = 빼다 박은 생김새.

209) pull up on = catch up with. 따라잡다.

210) strike = walk.

211) civil warrior = brave citizen.

마흔	―[신나서] 못생긴 불량배죠.
과부 퀸	흉악한 악당이고, 당신을 빼닮았죠.
마흔	어느 쪽으로 달아났죠?
과부 퀸	북쪽이나 남쪽으로 가는 연안 증기선을 타기 위해 언덕을 넘어갔어요.
마흔	지금 따라 잡을 수 있을까요?
과부 퀸	물이 빠진 백사장을 가로질러 가면 그 사람과 같이 배를 탈 수 있을 겁니다. 그 사람은 만의 꼭지를 돌아 10마일 정도 가야 하거든요. (문을 가리킨다.) 저기 만의 끝을 가로지른 다음 길을 따라 북동쪽으로 가세요. [마흔이 급히 가버린다.]
과부 퀸	―[그의 뒤에 대고 소리친다.]―아들을 만나면 보기 좋게 앙갚음을 하세요. 그러나 법의 신세를 지지는 마세요. 검정 모자를 쓴 판사가 당신 같은 용감한 시민을 향해 판결문을 읽는 것을 보면 마음이 아플 거예요. [그녀는 문을 열고 공포 속에서 웅크리고 있는 크리스티를 잠시 쳐다보고 웃음을 터뜨린다.]
과부 퀸	이봐, 총각은 서부지방 제일의 사나이이고, 저 사람은 총각이 허리까지 두 쪽을 냈다는 사람이군요.
크리스티	―[밖을 내다보고 나서 그녀에게]―그 이야기를 들으면 페긴이 뭐라고 할까요? 나에게 뭐라고 할까요?

WIDOW QUIN   She'll knock the head of you, I'm thinking, and drive you from the door. God help her to be taking you for a wonder, and you a little schemer making up the story you destroyed your da.

CHRISTY   ─[turning to the door, nearly speechless with rage, half to himself.] ─ To be letting on he was dead, and coming back to his life, and following after me like an old weazel tracing a rat, and coming in here laying desolation[212] between my own self and the fine women of Ireland, and he a kind of carcase[213] that you'd fling upon the sea...

WIDOW QUIN   ─[more soberly.] ─ There's talking for a man's one only son.

CHRISTY   ─[breaking out.] ─ His one son, is it? May I meet him with one tooth and it aching, and one eye to be seeing seven and seventy divils in the twists of the road, and one old timber leg on him to limp into the scalding grave. (Looking out.) There he is now crossing the strands, and that the Lord God would send a high wave to wash him from the world.

WIDOW QUIN   ─[scandalised.] Have you no shame? (putting her hand on his shoulder and turning him round.) What ails you? Near crying, is it?

---

212) desolation = wasteland. 황무지.
213) carcase = 시체.

과부 퀸 총각 머리통을 후려갈기고 문 밖으로 쫓아버릴 거 같은데. 아버지를 살해했다는 거짓 이야기를 꾸며낸 사기꾼을 영웅으로 착각하다니, 하느님이 페긴을 도와주시길.

크리스티 ─[분노로 거의 말을 하지 못하고 문 쪽으로 돌아서며 혼잣말을 한다]─ 죽은 척 하다가 다시 살아나서는 쥐를 쫓는 족제비처럼 나를 따라와 나와 아름다운 아일랜드 여성들 사이를 망쳐놓다니. 바다에 던져버리는 송장이나 다름없었는데.

과부 퀸 ─[더 냉정하게]─ 외아들이 아버지에 대해 저렇게 말하다니.

크리스티 [욱하듯 말한다.]─ 외아들이라구요? 난 아버지가 이빨은 흔들리는 거 하나만 남고, 애꾸눈으로 구절양장 길에서 마귀 일흔일곱 마리를 만나고, 한 쪽 다리는 의족을 한 채 절뚝거리며 무덤 속으로 들어가는 걸 봤으면 좋겠어요. (밖을 내다보며) 저기 해변을 가로질러 가고 있어요. 주 하느님이 큰 파도를 보내 아버지를 세상에서 쓸어버렸으면 좋겠어요.

과부 퀸 ─[충격을 받고]─ 부끄럽지도 않아요? [그의 어깨에 손을 얹어 돌아서게 만들고] 왜 그래요? 울상이네?

CHRISTY   —[in despair and grief.] — Amn't I after seeing the love-light of the star of knowledge shining from her brow, and hearing words would put you thinking on the holy Brigid[214] speaking to the infant saints, and now she'll be turning again, and speaking hard words to me, like an old woman with a spavindy ass[215] she'd have, urging on a hill.

WIDOW QUIN   There's poetry talk for a girl you'd see itching and scratching, and she with a stale stink of poteen on her from selling in the shop.

CHRISTY   —[impatiently.] It's her like is fitted to be handling merchandise in the heavens above, and what'll I be doing now, I ask you, and I a kind of wonder was jilted by the heavens when a day was by. [There is a distant noise of girls' voices. Widow Quin looks from window and comes to him, hurriedly.]

WIDOW QUIN   You'll be doing like myself, I'm thinking, when I did destroy my man, for I'm above many's the day, odd times in great spirits, abroad in the sunshine, darning a stocking or stitching a shift; and odd times again looking out on the schooners,[216] hookers,[217] trawlers[218] is sailing the sea, and I thinking on the gallant hairy fellows are drifting beyond, and myself long years living alone.

---

214) holy Brigid = 아일랜드의 수호성인 중 하나.
215) spavindy ass = 비절내종에 걸린 당나귀.
216) schooners = 돛이 여러 개인 범선.
217) hookers = 돛 하나짜리 어선.
218) trawlers = 어선.

크리스티 　ー[절망과 슬픔으로]ー저는 그녀의 이마에서 반짝이는 지식의 별의 사랑 빛을 보았고, 그녀의 말을 들으며 아기 성자들과 대화하는 성 브리지드를 생각했어요. 그런데 이제 그녀가 돌변해서 비루먹은 당나귀를 몰고 언덕을 오르는 노파처럼 나에게 험악한 말을 할 겁니다.

과부 퀸 　술장사로 퀴퀴한 밀조 위스키 냄새가 몸에 배어 있고 가려워 여기저기 긁적거리는 아가씨한테 하는 말 치곤 무척 시적이군요.

크리스티 　ー[참지 못하고]ー페긴 같은 사람은 저 위 하늘나라에서 일하는 게 적합해요. 그런데, 다들 저를 기적의 사나이라고 했는데 고작 하루 만에 하늘나라에서 쫓겨났으니 이제 어쩌면 좋죠? [멀리서 아가씨들의 목소리가 소란스럽게 들린다. 과부 퀸은 창문으로 내다보고 급히 크리스티에게 간다.]

과부 퀸 　총각도 내가 남편을 죽이고 나서 한 것처럼 하게 될 거예요. 이제 많은 날들이 지났지요. 때론 기분이 좋아 밖에 나가 양말을 공그르거나 속치마를 꿰매기도 했지. 또 혼자 오래 살다보니 어떤 날은 바다에 다니는 범선, 돛배 또는 어선을 바라보면서 가슴에 털이 많은 건장한 남자들을 생각하고는 했지.

CHRISTY	—[interested.] You're like me, so.
WIDOW QUIN	I am your like, and it's for that I'm taking a fancy to you, and I with my little houseen above where there'd be myself to tend you, and none to ask were you a murderer or what at all.
CHRISTY	And what would I be doing if I left Pegeen?
WIDOW QUIN	I've nice jobs you could be doing, gathering shells to make a whitewash for our hut within, building up a little goose-house, or stretching a new skin on an old curragh I have, and if my hut is far from all sides, it's there you'll meet the wisest old men, I tell you, at the corner of my wheel,[219] and it's there yourself and me will have great times whispering and hugging.
VOICES	—[outside, calling far away.]— Christy! Christy Mahon! Christy!
CHRISTY	Is it Pegeen Mike?
WIDOW QUIN	It's the young girls, I'm thinking, coming to bring you to the sports below, and what is it you'll have me to tell them now?
CHRISTY	Aid me for to win Pegeen. It's herself only that I'm seeking now. (Widow Quin gets up and goes to window.) Aid me for to win her, and I'll be asking God to stretch a hand to you in the hour of death, and lead you short cuts through the Meadows of Ease[220], and up the floor of Heaven to the Footstool of the Virgin's Son.

---

219) wheel = spinning wheel. 물레.
220) Meadows of Ease = 엘리시움, 이상향.

크리스티　　－[흥미롭게] 당신도 나랑 비슷하군요.

과부 퀸　　우린 닮았어요. 그래서 내가 총각을 좋아하는 거지요. 나는 저 위
　　　　　에 작은 집이 있어 총각을 돌봐줄 수 있고, 총각이 살인자인지 물
　　　　　어볼 사람도 없어요.

크리스티　　페긴과 헤어지면 전 어떻게 하지요?

과부 퀸　　나에겐 총각이 할 수 있는 좋은 일거리들이 있어요. 조개껍데기
　　　　　들을 주워 우리 헛간 내부에 칠할 회반죽을 만드는 일, 거위집 만
　　　　　들기, 낡은 우리 배에 새 밑창을 대는 일 등이 있지요. 내 오두막
　　　　　집이 외딴 곳에 있긴 하지만 총각은 내 물레 옆에서 가장 현명한
　　　　　노인들을 만날 수 있고, 또 거기서 우리 서로 속삭이며 껴안고 행
　　　　　복한 시간을 보낼 수 있어요.

목소리들　　－[바깥 멀리서 부르는 소리]－크리스티 씨! 크리스티 마흔 씨! 크리
　　　　　스티 씨!

크리스티　　페긴 마이크인가요?

과부 퀸　　젊은 아가씨들이예요. 저 아래 운동경기에 총각을 데려가려고 오
　　　　　는 것 같군요. 저 아가씨들에게 뭐라고 할까요?

크리스티　　페긴의 마음을 얻도록 도와주세요. 내가 지금 원하는 것은 오직
　　　　　페긴 뿐이예요. [과부 퀸은 일어나서 창가로 간다.] 페긴의 마음을 얻
　　　　　도록 도와주세요. 그러면 죽을 때 신이 당신에게 손을 뻗어 지름
　　　　　길로 이상향을 통과하고 하늘나라의 마루를 지나 성모님의 아들
　　　　　의 발등상까지 인도하시도록 기도할게요.

WIDOW QUIN	There's praying.
VOICES	—[nearer.] Christy! Christy Mahon!
CHRISTY	—[with agitation.] — They're coming. Will you swear to aid and save me for the love of Christ?
WIDOW QUIN	—[looks at him for a moment.] — If I aid you, will you swear to give me a right of way I want, and a mountainy ram, and a load of dung at Michaelmas, the time that you'll be master here?
CHRISTY	I will, by the elements and stars of night.
WIDOW QUIN	Then we'll not say a word of the old fellow, the way Pegeen won't know your story till the end of time.
CHRISTY	And if he chances to return again?
WIDOW QUIN	We'll swear he's a maniac and not your da. I could take an oath I seen him raving on the sands to-day. [Girls run in.]
SUSAN	Come on to the sports below. Pegeen says you're to come.
SARA	The lepping's beginning, and we've a jockey's suit to fit upon you for the mule race on the sands below.
HONOR	Come on, will you?
CHRISTY	I will then if Pegeen's beyond.
SARA	She's in the boreen[221] making game of Shaneen Keogh.
CHRISTY	Then I'll be going to her now. [He runs out followed by the girls.]

---

221) boreen = 좁은 시골길.

과부 퀸	멋진 기도로군요.
목소리들	―[더 가깝게 들린다.] 크리스티 씨. 크리스티 마흔 씨!
크리스티	―[안절부절 하며]―이리 오고 있어요. 당신은 예수님의 사랑을 위해 나를 돕고 구해주겠다고 서약할 수 있나요?
과부 퀸	―[잠시 그를 쳐다본다.]― 내가 도와주면 당신이 여기 주인이 되었을 때 내가 원하는 통행권, 산양, 미카엘마스 때 거름 한 수레를 주겠다고 서약할 수 있나요?
크리스티	비바람과 밤의 별들의 이름으로 서약하죠.
과부 퀸	그럼 그 노인네 이야기는 한 마디도 하지 않아야 해요. 페긴이 총각 이야기를 영원히 몰라야 하니까.
크리스티	그런데 아버지가 만약 다시 돌아오면 어쩌죠?
과부 퀸	총각 아버지가 아니라 미친 사람이라고 우겨야죠. 나는 맹세컨대 그 사람이 오늘 백사장에서 헛소리 하는 걸 봤어요. [아가씨들이 뛰어 들어온다.]
수잔	저 아래 운동경기에 가요. 페긴이 당신이 올 거라고 하던걸요.
사라	경마가 곧 시작되지요. 저 아래 백사장 노새경주를 위해 당신에게 맞을 기수복을 준비해 놓았어요.
오너	가실 거죠?
크리스티	페긴이 거기 있다면 가야죠.
사라	페긴은 숲길에서 꼬마 숀 키오그를 놀리고 있어요.
크리스티	그럼 지금 페긴에게 갑시다. [그가 나가자 아가씨들이 따라간다.]

WIDOW QUIN   Well, if the worst comes in the end of all, it'll be great game
              to see there's none to pity him but a widow woman, the
              like of me, has buried her children and destroyed her
              man. [She goes out.]
              CURTAIN

과부 퀸 나중에 최악의 상황에서 그를 위로할 사람이 나처럼 남편을 죽이
고 자식들을 땅에 묻은 과부밖에 없다는 걸 알면 참 재미있겠어.

[나간다.]

ACT III

SCENE, [as before. Later in the day. Jimmy comes in, slightly drunk.]

JIMMY —[calls.] Pegeen! (Crosses to inner door.) Pegeen Mike! (Comes back again into the room.) Pegeen! (Philly comes in in the same state.) (To Philly.) Did you see herself?

PHILLY I did not; but I sent Shawn Keogh with the ass cart for to bear him home. (Trying cupboards which are locked.) Well, isn't he a nasty man to get into such staggers[222] at a morning wake? and isn't herself the divil's daughter for locking, and she so fussy after that young gaffer,[223] you might take your death[224] with drought and none to heed you?

---

222) get into such staggers = get so drunk. 너무 취하여.

223) gaffer = 건장한 친구.

224) take your death = die. 죽다.

3막

장면: [전과 같음. 그날 늦게. 지미가 약간 취해서 들어온다.]

지미 　[부른다.] 페긴! (가로질러 내실 문으로 간다.) 페긴 마이크! (다시 돌아
　　　온다.) 페긴! (필리가 똑같은 상태로 들어온다.) (필리에게) 페긴 봤나?

필리 　아니. 그런데 내가 나귀 마차로 그 사람을 집에 데려다 주라고 숀
　　　키오그를 보냈어. (잠긴 찬장을 열어보려고 한다.) 딱한 사람 같으니,
　　　밤샘 초상집에서 그렇게 취하다니! 그 젊은 녀석 때문에 정신이
　　　나가 설치더니 찬장을 모두 잠가버렸어, 마귀의 딸년 같으니라
　　　고! 목이 말라 죽을 지경인데 아무도 없으니.

JIMMY   It's little wonder she'd be fussy, and he after bringing
          bankrupt ruin on the roulette man, and the trick-o'-the-
          loop[225] man, and breaking the nose of the cockshot-man[226],
          and winning all in the sports below, racing, lepping,
          dancing, and the Lord knows what! He's right luck, I'm
          telling you.

PHILLY   If he has, he'll be rightly hobbled yet, and he not able to
          say ten words without making a brag of the way he
          killed his father, and the great blow he hit with the loy.

JIMMY   A man can't hang by his own informing, and his father
          should be rotten by now. [Old Mahon passes window slowly.]

PHILLY   Supposing a man's digging spuds in that field with a
          long spade, and supposing he flings up the two halves of
          that skull, what'll be said then in the papers and the
          courts of law?

JIMMY   They'd say it was an old Dane,[227] maybe, was drowned
          in the flood. (Old Mahon comes in and sits down near door
          listening.) Did you never hear tell of the skulls they have
          in the city of Dublin, ranged out like blue jugs in a cabin
          of Connaught?

PHILLY   And you believe that?

---

225) the trick-o'-the-loop = 야바위.
226) cockshot-man = 움직이는 목표물을 사격하는 게임.
227) the Dane = 과거에 아일랜드를 침공한 바이킹족.

지미 페긴이 정신이 나간 것도 무리가 아니지. 그 친구는 룰렛게임 주인과 야바위꾼의 돈을 다 털었고, 이동표적 게임 주인의 코뼈를 부러트렸을 뿐만 아니라 운동경기들, 즉 달리기, 경마, 춤, 등에서 전부 1등을 했어. 모든 운을 다 가진 친구지.

필리 그렇지만 곧 낭패를 보게 될 거야. 자기가 아버지를 죽였다는 둥, 삽자루로 강타를 날렸다는 둥 말끝마다 방정을 떨고 다니거든.

지미 사람을 자기 말에 의해 교수형에 처할 순 없어. 그리고 그 친구 아버지는 지금쯤 썩어버렸을 거야. [아버지 마흔이 천천히 창문을 지나간다.]

필리 누군가가 밭에서 긴 삽으로 감자를 캐다가 두 쪽으로 갈라진 두 개골을 던져 올렸을 경우 신문과 법정에서 무슨 이야기가 나올까?

지미 아마도 노아의 홍수 때 익사한 바이킹 족이라고 할 거야. (아버지 마흔이 들어와 문 가까이 앉아 듣는다.) 코너크트의 오두막에 전시된 푸른 물병처럼 더블린 시에 있다는 두개골들에 관해 들어본 적 없나?

필리 자넨 그걸 믿나?

JIMMY　　　—[pugnaciously.] Didn't a lad see them and he after coming from harvesting in the Liverpool boat? "They have them there," says he, "making a show of[228] the great people there was one time walking the world. White skulls and black skulls and yellow skulls, and some with full teeth, and some haven't only but one."

PHILLY　　It was no lie, maybe, for when I was a young lad there was a graveyard beyond the house with the remnants of a man who had thighs as long as your arm. He was a horrid man, I'm telling you, and there was many a fine Sunday I'd put him together for fun, and he with shiny bones, you wouldn't meet the like of these days in the cities of the world.

MAHON　　—[getting up.]— You wouldn't, is it? Lay your eyes on that skull, and tell me where and when there was another the like of it, is splintered only from the blow of a loy.

PHILLY　　Glory be to God! And who hit you at all?

MAHON　　—[triumphantly.] It was my own son hit me. Would you believe that?

JIMMY　　　Well, there's wonders hidden in the heart of man!

PHILLY　　—[suspiciously.] And what way was it done?

MAHON　　—[wandering about the room.]— I'm after walking hundreds and long scores of miles, winning clean beds and the fill of my belly four times in the day, and I doing nothing but telling stories of that naked truth. (He comes to them a little aggressively.) Give me a supeen and I'll tell you now.

---

228) making a show of = giving evidence of. 증거가 되다.

지미 ─[싸울 듯이] 리버풀에서 배를 타고 추수하러 갔다 오던 한 청년이 그것들을 보았다하지 않은가? 그 청년이 이렇게 말했어. "한때 지구에 살았던 위대한 사람들의 증거를 거기에 가져다 놓았지요. 흰색 두개골, 검정색 두개골, 노란색 두개골, 그리고 어떤 것들은 이빨이 전부 있고 또 어떤 것들은 한 개밖에 없어요."

필리 그게 거짓말은 아닐 거야. 왜냐하면 내가 어렸을 적에 집 근처에 무덤이 있었는데, 거기엔 허벅지가 우리 팔만큼 긴 남자의 뼈들이 있었어. 거인이었지. 난 화창한 일요일에 재미삼아 그의 매끄러운 뼈들을 맞추는 놀이를 하곤 했어. 요즘 도시에서는 그런 뼈들을 볼 수 없지.

마흔 ─[일어서면서]─ 그렇죠? 이 두개골을 보시고 삽자루에 맞아 쪼개진, 이와 비슷한 상처가 언제, 어디에 또 있었는지 얘기해 주시오.

필리 오, 하나님! 누가 당신을 해쳤지요?

마흔 ─[의기양양하여] 내 아들이 그랬소. 믿으시겠소?

지미 참, 인간의 속은 알 수가 없어요!

필리 ─[의심한다는 듯이] 어떻게 했는데요?

마흔 ─[이리저리 걸어다니며]─ 나는 깨끗한 잠자리와 하루 네 끼의 식사를 얻어먹고 백 수십 마일을 걸으면서 있는 그대로 진실을 이야기 했죠. (약간 공격적으로 그들에게 다가간다.) 한 잔 주세요, 그러면 이야기 해드리죠.

[Widow Quin comes in and stands aghast behind him. He is facing Jimmy and Philly, who are on the left.]

JIMMY   Ask herself beyond. She's the stuff hidden in her shawl.

WIDOW QUIN   ─[coming to Mahon quickly.] ─ you here, is it? You didn't go far at all?

MAHON   I seen the coasting steamer passing, and I got a drought upon me and a cramping leg, so I said, "The divil go along with him," and turned again. (Looking under her shawl.) And let you give me a supeen, for I'm destroyed travelling since Tuesday was a week.

WIDOW QUIN   ─[getting a glass, in a cajoling tone.] ─ Sit down then by the fire and take your ease for a space.[229] You've a right to be destroyed indeed, with your walking, and fighting, and facing the sun (giving him poteen from a stone jar she has brought in.) There now is a drink for you, and may it be to your happiness and length of life.

MAHON   ─[taking glass greedily and sitting down by fire.] ─ God increase you!

WIDOW QUIN   ─[taking men to the right stealthily.] ─ Do you know what? That man's raving from his wound to-day, for I met him a while since telling a rambling tale of a tinker had him destroyed. Then he heard of Christy's deed, and he up and says it was his son had cracked his skull. O isn't madness a fright, for he'll go killing someone yet, and he thinking it's the man has struck him so?

---

229) take your ease for a space = relax for a while. 잠시 숨 좀 돌리세요.

• 138 •

[과부 퀸이 들어와 겁먹은 채 그의 뒤에 선다. 그는 왼쪽의 지미와 필리를 마주하고 있다.]

지미   저기 저 여자에게 얘기하세요. 숄 아래 술을 감추고 있어요.

과부 퀸   ―[재빨리 마흔에게 간다.] ―여기 계시네. 떠나지 않았군요.

마흔   연안 증기선이 지나가는 걸 보았는데, 목도 마르고 다리에 경련이 나서, "악마한테나 잡혀가라, 이놈아."라고 말하고 돌아섰죠. [그녀의 숄 아래를 본다.] 술 한 잔 주세요. 지난 화요일부터 일주일을 돌아다녀서 죽겠어요.

과부 퀸   ―[잔을 가져오더니 어르는 어투로]― 불가에 앉아 잠시 쉬세요. 뙤약볕 속에서 걷고 싸우느라 정말 녹초가 됐겠군요. (가져온 호리병에서 밀조 위스키를 따라 준다.) 자 한 잔 드세요. 아저씨의 행복과 장수를 위하여 건배.

마흔   ―[소중히 술잔을 들고 불가에 앉는다.] ―신의 가호가 있으시기를!

과부 퀸   ―[남자들을 은밀하게 오른쪽으로 데려간다.]― 있잖아요. 저 사람은 머리를 다쳐서 헛소리를 하는 거예요. 아까 만났는데 집시한테 폭행당했다는 이야기를 횡설수설 하더라고요. 그러더니 크리스티 이야기를 듣고는 자기 머리를 박살낸 게 자기 아들이라고 나선 거예요. 오, 광증은 무서워요. 크리스티가 자기를 쳤다고 생각하는 거 보면, 곧 누군가를 죽일 거예요.

JIMMY　—[entirely convinced.] It's a fright, surely. I knew a party[230] was kicked in the head by a red mare, and he went killing horses a great while, till he eat the insides of a clock and died after.

PHILLY　—[with suspicion.]— Did he see Christy?

WIDOW QUIN　He didn't. (With a warning gesture.) Let you not be putting him in mind of him, or you'll be likely summoned if there's murder done. (Looking round at Mahon.) Whisht! He's listening. Wait now till you hear me taking him easy and unravelling all. (She goes to Mahon.) And what way are you feeling, mister? Are you in contentment now?

MAHON　—[slightly emotional from his drink.]— I'm poorly only, for it's a hard story the way I'm left to-day, when it was I did tend him from his hour of birth, and he a dunce never reached his second book, the way he'd come from school, many's the day, with his legs lamed under him, and he blackened with his beatings like a tinker's ass. It's a hard story, I'm saying, the way some do have their next and nighest raising up a hand of murder on them, and some is lonesome getting their death with lamentation in the dead of night.

WIDOW QUIN　—[not knowing what to say.]— To hear you talking so quiet, who'd know you were the same fellow we seen pass to-day?

---

230) party = person.

지미	―[완전히 믿고] 끔찍하군요. 난 붉은 암말에 머리를 걷어차인 사람을 알아요. 그 사람은 꽤 오랫동안 말만 보면 죽였어요. 그러다 시계 부품을 먹고 죽었죠.
필리	―[의심스럽다는 듯] ―저 사람이 크리스티를 봤나요?
과부 퀸	아뇨. [경고하는 손짓을 하며] 그 사람에게 크리스티 이야기를 하지 마세요. 만약 살인 사건이 나면 당신도 소환될 테니까요. [고개를 돌려 마흔을 본다.] 쉿! 듣고 있어요. 내가 그 사람을 안심시키고 다 해결됐다고 할 때까지 기다리세요. [마흔에게 간다.] 아저씨, 기분 좀 어떠세요? 이제 좀 편안하세요?
마흔	―[술기운에 약간 감성적이다.]―나만 불쌍해. 그 아이는 태어날 때부터 내가 키웠는데 이렇게 버림받다니 슬픈 이야기죠. 머리가 아둔해서 책을 거의 읽을 줄 몰랐고, 허구한 날 얻어맞아 집시의 당나귀처럼 다리를 절뚝거리거나 얼굴이 멍들어 학교에서 돌아왔어요. 어떤 사람은 가장 가까운 피붙이가 살인의 손을 치켜들어 죽이려 하고, 또 어떤 사람은 한밤중에 슬퍼하며 쓸쓸히 죽음을 맞이해야 하다니 냉혹한 세상이죠.
과부 퀸	―[할 말을 잊고.] 그렇게 조용히 이야기 하시니 누가 아저씨를 오늘 지나간 바로 그 사람이라고 생각하겠어요?

MAHON   I'm the same surely. The wrack and ruin of three score years; and it's a terror to live that length, I tell you, and to have your sons going to the dogs against you, and you wore out scolding them, and skelping them, and God knows what.

PHILLY   —[to Jimmy.]— He's not raving. (To Widow Quin.) Will you ask him what kind was his son?

WIDOW QUIN   —[to Mahon, with a peculiar look.]— Was your son that hit you a lad of one year and a score maybe, a great hand at racing and lepping and licking the world?

MAHON   —[turning on her with a roar of rage.]— Didn't you hear me say he was the fool of men, the way from this out he'll know the orphan's lot with old and young making game of him and they swearing, raging, kicking at him like a mangy cur. [A great burst of cheering outside, someway off.]

MAHON   —[putting his hands to his ears.]— What in the name of God do they want roaring below?

WIDOW QUIN   —[with the shade of a smile.]— They're cheering a young lad, the champion Playboy of the Western World. [More cheering.]

MAHON   —[going to window.] It'd split my heart to hear them, and I with pulses in my brain-pan for a week gone by. Is it racing they are?

JIMMY   —[looking from door.]— It is then. They are mounting him for the mule race will be run upon the sands. That's the playboy on the winkered[231] mule.

---

231) winkered = 사납고 다루기 힘든 노새에게 눈가리개를 씌운다.

마흔 난 분명히 그 사람입니다. 60년의 세월에 노쇠하고 황폐해졌어요. 그렇게 오래 살다 보니 아들들이 대들고 난리쳐도 야단치고 때릴 힘이 없어요.

필리 ―[지미에게]― 헛소리를 하는 건 아니야. (과부 퀸에게) 저 양반 아들이 어떤 사람인지 물어봐 줘요.

과부 퀸 [기이한 표정을 지으며 마흔에게] 아저씨를 때린 아저씨 아들이 나이가 스물한 살쯤 된, 달리기, 말타기, 싸움질 등을 아주 잘하는 청년인가요?

마흔 ―[과부 퀸에게 화를 낸다.]― 내가 그 녀석 등신이라고 하는 말 못 들었어요? 이제 남녀노소 가리지 않고 그 녀석을 욕하고 윽박지르고 병든 개새끼처럼 걷어차면서 가지고 놀 테니 고아 신세가 어떤 건지 알게 되겠죠. [바깥. 좀 떨어진 곳에서 응원소리가 크게 들린다.]

마흔 ―[양손을 귀에 대면서]―도대체 저 아래서 뭣 때문에 고함을 지르는 건가요?

과부 퀸 ―[약간의 미소를 지으며]― 사람들이 한 청년을 응원하고 있어요. 서부지방의 가장 멋진 사나이. [응원소리가 더 크게 들린다.]

마흔 ―[창문으로 간다] 저 사람들 고함소리에 내 심장이 터질 것 같고, 맥박소리가 내 머리 정수리에서 일주일은 울리겠어요. 경주를 하고 있나요?

지미 ―[문에서 내다보며] ―맞아요. 백사장 달리기 경주를 위해 그 청년을 노새에 태우고 있어요. 눈을 가린 노새 위의 사람이 그 사나이죠.

MAHON [puzzled.] That lad, is it? If you said it was a fool he was, I'd have laid a mighty oath he was the likeness of my wandering son (uneasily, putting his hand to his head.) Faith, I'm thinking I'll go walking for to view the race.

WIDOW QUIN ―[stopping him, sharply.]― You will not. You'd best take the road to Belmullet, and not be dilly-dallying in this place where there isn't a spot you could sleep.

PHILLY ―[coming forward.]― Don't mind her. Mount there on the bench and you'll have a view of the whole. They're hurrying before the tide will rise, and it'd be near over if you went down the pathway through the crags below.

MAHON [mounts on bench, Widow Quin beside him.]― That's a right view again the edge of the sea. They're coming now from the point. He's leading. Who is he at all?

WIDOW QUIN He's the champion of the world, I tell you, and there isn't a hop'orth[232] isn't falling lucky[233] to his hands to-day.

PHILLY ―[looking out, interested in the race.]― Look at that. They're pressing him now.

JIMMY He'll win it yet.

PHILLY Take your time, Jimmy Farrell. It's too soon to say.

WIDOW QUIN ―[shouting.] Watch him taking the gate.[234] There's riding.

JIMMY ―[cheering.] More power to the young lad!

MAHON He's passing the third.

JIMMY He'll lick them yet!

---

232) hop'orth = half penny worth. 반 페니의 가치.
233) there isn't a hop'orth isn't falling lucky = 모든 것이 운이 좋다.
234) taking = clearing. 장애물을 뛰어넘다.

• 144 •

마흔　[이해할 수 없다는 듯] 저 청년 말인가요? 만약 당신이 저게 한 얼간이라고 했다면 난 저 녀석이 집 떠난 내 아들과 똑같다고 장담했을 겁니다. (마음이 편치 않은 듯 손을 머리에 대며) 경주를 보러 가볼까요.

과부 퀸　ㅡ[그를 제지하며, 날카롭게] ㅡ 안 돼요. 아저씨는 잠잘 곳이 없는 여기서 얼쩡거리며 시간 낭비하지 말고 큰 길을 따라 벨뮬렛으로 가세요.

필리　ㅡ[앞으로 나오며] ㅡ 이 아줌마 신경 쓰지 마세요. 벤치에 올라서면 전부 다 볼 수 있을 거예요. 밀물이 들어오기 전에 끝내려고 서두르고 있어요. 저 아래 바위 사이 샛길로 걸어 내려가면 거의 다 끝나버릴 거예요.

마흔　[벤치에 올라선다. 과부 퀸이 옆에 있다.] ㅡ 수평선을 배경으로 잘 보이는군요. 반환점을 돌아오는군요. 그 친구가 제일 앞에 있는데요. 저 친구 도대체 누구죠?

과부 퀸　저 사람이 챔피언이죠. 오늘 모든 행운이 저 총각에게 있어요.

필리　ㅡ[경주에 관심을 두고 밖을 내다본다.] ㅡ 보세요. 모두가 그 친구를 바짝 쫓고 있어요.

지미　그 친구가 일등할 걸.

필리　성급하기는. 단정하기엔 아직 일러.

과부 퀸　ㅡ[외친다] 장애물 뛰어넘는 걸 봐. 잘 탄다.

지미　ㅡ[응원하며] 젊은 친구 힘내라!

마흔　세 번째 장애물을 통과했어.

지미　그 친구가 모두 물리치고 말거야.

WIDOW QUIN	He'd lick them if he was running races with a score itself.
MAHON	Look at the mule he has, kicking the stars.
WIDOW QUIN	There was a lep! (catching hold of Mahon in her excitement.) He's fallen! He's mounted again! Faith, he's passing them all!
JIMMY	Look at him skelping her!
PHILLY	And the mountain girls hooshing him on!
JIMMY	It's the last turn! The post's[235] cleared for them now!
MAHON	Look at the narrow place. He'll be into the bogs! (With a yell.) Good rider! He's through it again!
JIMMY	He neck and neck!
MAHON	Good boy to him! Flames, but he's in! [Great cheering, in which all join.]
MAHON	[with hesitation.] What's that? They're raising him up. They're coming this way. (With a roar of rage and astonishment.) It's Christy! by the stars of God! I'd know his way of spitting and he astride[236] the moon. [He jumps down and makes for the door, but Widow Quin catches him and pulls him back.]
WIDOW QUIN	Stay quiet, will you. That's not your son. (To Jimmy.) Stop him, or you'll get a month for the abetting of manslaughter and be fined as well.
JIMMY	I'll hold him.

---

235) post = winning post. 결승점.
236) and he astride = even if he were riding.

과부 퀸	20명이 경주를 한다 해도 저 친구가 일등을 하고 말거야.
마흔	저 친구 당나귀 좀 봐. 발이 안보여.
과부 퀸	점프한다! [흥분하여 마흔을 붙잡는다.] 총각이 노새에서 떨어졌어요. 다시 올라탔어요. 다른 사람들을 모두 제치고 있어요!
지미	노새를 채찍질 하는 걸 봐!
필리	산동네 아가씨들이 그 친구를 응원하고 있어!
지미	이제 마지막 바퀴다. 경주자들을 위해 결승점에서 사람들이 모두 물러났어요.
마흔	저기 좁은 장소를 보세요. 그가 습지로 들어갑니다! [소리지르며] 멋진 기수님! 그가 또 다시 통과했어요!
지미	막상막하다!
마흔	대단한 친구로군! 만세! 골인했다! [모두가 합세하여 크게 환호한다.]
마흔	[주저하며] 저게 뭐야? 그 친구를 헹가래 치고 있어. 이리로 온다. [분노와 놀람으로] 크리스티다! 오, 하늘의 별들에게 맹세할 수 있어! 지놈이 아무리 감쪽같이 변장한다고 해도 내 눈을 속일 순 없지. [뛰어 내려와 문을 향해 가는데, 과부 퀸이 그를 붙잡아 뒤로 끌어당긴다.]
과부 퀸	조용히 하세요. 저건 아저씨 아들이 아니에요. [지미에게] 이 사람 막아요. 안 그러면 살인교사죄로 1개월 형을 받고 벌금도 내야 해요.
지미	내가 잡고 있죠.

MAHON   [struggling.] Let me out! Let me out, the lot of you! till I have my vengeance on his head to-day.

WIDOW QUIN   —[shaking him, vehemently.] — That's not your son. That's a man is going to make a marriage with the daughter of this house, a place with fine trade, with a license, and with poteen too.

MAHON   —[amazed.] That man marrying a decent and a moneyed girl! Is it mad yous are? Is it in a crazy-house[237] for females that I'm landed now?

WIDOW QUIN   It's mad yourself is with the blow upon your head. That lad is the wonder of the Western World.

MAHON   I seen it's my son.

WIDOW QUIN   You seen that you're mad. (Cheering outside.) Do you hear them cheering him in the zig-zags of the road? Aren't you after saying that your son's a fool, and how would they be cheering a true idiot born?

MAHON   —[getting distressed.] — It's maybe out of reason that that man's himself. (Cheering again.) There's none surely will go cheering him. Oh, I'm raving with a madness that would fright the world! (He sits down with his hand to his head.) There was one time I seen ten scarlet divils letting on they'd cork my spirit in a gallon can; and one time I seen rats as big as badgers sucking the life blood from the butt of my lug[238]; but I never till this day confused that dribbling idiot with a likely[239] man. I'm destroyed surely.

---

237) crazy-house = 정신병원.

238) butt of my lug = earlobe. 귓불.

239) likely = promising.

마흔 [발버둥 치며.] 놔! 놓으란 말야! 이 사람들아. 그래야 오늘 그놈 대가리에 복수를 해주지.

과부 퀸 ―[그를 세차게 흔든다.] ― 저건 아저씨 아들이 아니에요. 면허도 있고 밀조 위스키도 있고 괜찮은 장사를 하는 이 집 딸과 결혼할 사람이에요.

마흔 ―[놀라서.] 저 친구가 얌전하고 돈도 있는 아가씨와 결혼을! 당신들 미친 거 아냐? 내가 지금 여자 정신병원에 들어온 건가?

과부 퀸 당신이야말로 머리에 입은 상처로 미친 거죠. 저 청년은 서부지방의 경이의 사나이랍니다.

마흔 분명히 내 아들이야.

과부 퀸 당신이 미친 거예요. [밖에서 환호소리.] 저 구부러진 길에서 환호하는 소리 들려요? 아저씨 아들은 등신이라고 했잖아요. 저 사람들이 뭣 때문에 타고난 등신을 환호한다는 거죠?

마흔 ―[괴로워하며.] ―어쩌면 저 친구가 그놈이라는 건 말이 안 될지도 몰라. (다시 응원하며) 누가 그놈을 응원하겠어. 오, 내가 미쳐서 헛소리를 하고 있다. [손으로 머리를 쥐고 앉는다.] 한 때 열 마리의 진홍색 마귀들이 내 영혼을 1갤런 깡통에 넣고 코르크 마개를 막아버리겠다고 한 적이 있었어. 또 오소리만한 쥐들이 내 귓불에서 생명의 피를 빨아먹는 걸 보기도 했지. 그러나 지금까지 그침 질질 흘리는 멍청이와 멋진 청년을 혼동한 적은 결코 없었다. 아, 괴롭다.

WIDOW QUIN	And who'd wonder when it's your brain-pan that is gaping[240] now?
MAHON	Then the blight of the sacred drought upon myself and him, for I never went mad to this day, and I not three weeks with the Limerick[241] girls drinking myself silly, and parlatic[242] from the dusk to dawn. (To Widow Quin, suddenly.) Is my visage astray?
WIDOW QUIN	It is then. You're a sniggering maniac, a child could see.
MAHON	─[getting up more cheerfully.]─ Then I'd best be going to the union[243] beyond, and there'll be a welcome before me, I tell you (with great pride), and I a terrible and fearful case, the way that there I was one time, screeching in a straightened waistcoat,[244] with seven doctors writing out my sayings in a printed book. Would you believe that?
WIDOW QUIN	If you're a wonder itself, you'd best be hasty, for them lads caught a maniac one time and pelted the poor creature till he ran out, raving and foaming, and was drowned in the sea.
MAHON	─[with philosophy.]─ It's true mankind is the divil when your head's astray.[245] Let me out now and I'll slip down the boreen, and not see them so.
WIDOW QUIN	─[showing him out.]─ That's it. Run to the right, and not a one will see. [He runs off.]

---

240) gaping = broken open. 깨진.
241) Limerick = city at the Shannon estuary.
242) parlatic = paralytic with drink.
243) union = poorhouse. 구빈원.
244) straitened waistcoat = straitjacket.
245) when your head's astray = when you are mad.

과부 퀸	당신이 머리를 다쳐서 그런 걸 누가 놀라겠어요?
마흔	그렇다면 성스러운 가문의 재앙이 나와 아들에게 내린 겁니다. 나는 결코 지금까지 정신이 이상했던 적이 없었어요. 3주 전만 해도 리머릭 시의 아가씨들과 코가 삐뚤어지도록 마시고 밤새 널브러져 있었지요. (갑자기 과부 퀸에게) 내 얼굴이 일그러져 있나요?
과부 퀸	네, 그래요. 당신이 소리 없이 웃는 미치광이라는 건 아이들도 알 수 있죠.
마흔	—[더욱 쾌활하게 일어나며.] —그렇다면 나는 구빈원에 가는 게 낫겠어요. 내 경우는 끔찍하고도 무서운 사례이므로 환영해줄 거예요. [당당하게] 한 때 구속복 차림의 내가 괴성을 지르면 일곱 명의 의사가 책에 내 말을 받아 적었죠. 믿으시겠어요?
과부 퀸	당신이 장사라 하더라도 빨리 도망가는 게 좋아요. 한 번은 저 사람들이 미치광이 하나를 붙잡아 두들겨 패는 바람에 그 사람이 입에 거품을 물고 괴성을 지르며 달려가 바다에 빠져 죽었어요.
마흔	—[심오하게] —인간이 머리가 돌면 악마가 된다는 말은 사실입니다. 지금 나가서 골목길로 빠져나가면 걸리지 않겠죠.
과부 퀸	—[밖으로 데리고 나가며] —그러세요. 오른쪽으로 달려가세요. 그럼 아무도 못 볼 거예요.

PHILLY   —[wisely.] You're at some gaming, Widow Quin; but I'll walk after him and give him his dinner and a time to rest, and I'll see then if he's raving or as sane as you.

WIDOW QUIN   —[annoyed.] If you go near that lad, let you be wary of your head, I'm saying. Didn't you hear him telling he was crazed at times?

PHILLY   I heard him telling a power; and I'm thinking we'll have right sport, before night will fall. [He goes out.]

JIMMY   Well, Philly's a conceited and foolish man. How could that madman have his senses and his brain-pan slit? I'll go after them and see him turn on Philly now. [He goes; Widow Quin hides poteen behind counter. Then hubbub outside.]

VOICES   There you are! Good jumper! Grand lepper! Darlint boy! He's the racer! Bear him on, will you! [Christy comes in, in Jockey's dress, with Pegeen Mike, Sara, and other girls, and men.]

PEGEEN   —[to crowd.]— Go on now and don't destroy him and he drenching with sweat. Go along, I'm saying, and have your tug-of-warring till he's dried his skin.

CROWD   Here's his prizes! A bagpipes! A fiddle was played by a poet in the years gone by! A flat and three-thorned blackthorn would lick the scholars out of Dublin town!

CHRISTY   —[taking prizes from the men.]— Thank you kindly, the lot of you. But you'd say it was little only I did this day if you'd seen me a while since striking my one single blow.

필리　ー[알았다는 듯] 과부댁 아줌마. 뭔가 일을 꾸미고 있군요. 내가 저 사람을 따라가서 저녁식사를 주고 좀 쉬게 해야겠어요. 그리고 나서 미친 건지 아님 정상인지 알아봐야겠어요.

과부 퀸　ー[짜증스럽게] 그 사람 가까이 가게 되면 머리를 조심해요. 그 사람 가끔 미친 짓 한다는 말 못 들었어요?

필리　나도 저 사람 말하는 거 충분히 들었어요. 밤이 되기 전에 재미있는 일이 벌어질 겁니다. [나간다.]

지미　필리는 허황되고 어리석은 친구야. 저 미친 사람은 머리를 다쳤는데 어떻게 제 정신이라는 거지?

목소리들　다 왔다! 점프 챔피언! 달리기 챔피언! 자랑스런 청년! 경주 챔피언! 계속 그를 메고 갑시다! [크리스티가 기수복 차림으로 페긴 마이크, 사라, 그리고 다른 아가씨들, 남자들과 들어온다.]

페긴　ー[사람들에게]ー이제 가세요. 그이를 더 이상 피곤하게 하지 마세요. 완전히 땀에 젖었어요. 이만 가셔서 이 사람이 땀을 식히는 동안 줄다리기 경기를 계속하세요.

사람들　저 사람 상품 가져왔어요! 백파이프입니다! 옛날엔 시인이 바이올린을 연주했지요! 가시달린 납작한 막대기로 학자들을 더블린 읍내에서 쫓아냈지요.

크리스티　ー[사람들에게서 상품을 받으며]ー여러분들 고맙습니다. 만약 여러분이 얼마 전 내가 한 방 날리는 걸 봤더라면 오늘 보여준 건 새발의 피라고 말할 겁니다.

TOWN CRIER	—[outside, ringing a bell.]— Take notice, last event of this day! Tug-of-warring on the green below! Come on, the lot of you! Great achievements for all Mayo men!
PEGEEN	Go on, and leave him for to rest and dry. Go on, I tell you, for he'll do no more. (She hustles crowd out; Widow Quin following them.)
MEN	—[going.]— Come on then. Good luck for the while!
PEGEEN	—[radiantly, wiping his face with her shawl.]— Well, you're the lad, and you'll have great times from this out when you could win that wealth of prizes, and you sweating in the heat of noon!
CHRISTY	—[looking at her with delight.]— I'll have great times if I win the crowning prize I'm seeking now, and that's your promise that you'll wed me in a fortnight, when our banns is called.[246]
PEGEEN	—[backing away from him.]— You've right daring to go ask me that, when all knows you'll be starting to some girl in your own townland, when your father's rotten in four months, or five.
CHRISTY	—[indignantly.] Starting from you, is it? (He follows her.) I will not, then, and when the airs is warming in four months, or five, it's then yourself and me should be pacing Neifin in the dews of night, the times sweet smells do be rising, and you'd see a little shiny new moon, maybe, sinking on the hills.

---

246) banns is called = 결혼이 공표될 때.

마을관리	─[밖에서 종을 울리며]─알립니다. 오늘의 마지막 경기입니다. 잔디에서 줄다리기를 합니다. 여러분 오세요. 메이요의 모든 장정들이 힘을 쓸 때입니다.
페긴	자, 그이가 쉬면서 땀을 말리도록 나가주세요. 죄송합니다만 그이는 이제 더 이상 하지 않습니다. [사람들을 밀어낸다. 과부 퀸도 그들을 따라간다.]
남자들	─[가면서]─ 자 갑시다. 그동안 행운을 빕니다.
페긴	─[환한 얼굴로 그의 얼굴을 수건으로 닦으며]─ 훌륭해요. 그렇게 많은 상을 탔으니 이제부터 멋진 시간을 보내게 될 거예요. 한낮의 열기로 땀 흘리는 거 좀 봐.
크리스티	─[기쁜 표정으로 그녀를 바라보며]─내가 지금 원하는 최고의 상을 받으면 금상첨화겠지요. 그 상은 2주 후에 당신과 나의 결혼이 공표되고 결혼한다는 약속이지요.
페긴	─[그에게서 뒷걸음질 치며.]─ 4, 5개월 지나면 당신의 아버지의 시신이 부패할 테고, 그러면 당신은 고향의 아가씨에게 갈 거라는 걸 모두 아는데 감히 나에게 청혼을 하는군요.
크리스티	[분개하여] 당신을 떠난다고요? (그녀를 따라간다.) 천만에요. 4, 5개월이 지나 공기가 따뜻해지면 당신과 나는 밤이슬 속에서 네이핀 산을 거닐고 있을 겁니다. 그 시간엔 달콤한 향기가 피어오르고 조그맣고 환한 새 달이 산 너머로 지는 것을 볼 수 있을 거예요.

PEGEEN [looking at him playfully.] ― And it's that kind of a poacher's love you'd make, Christy Mahon, on the sides of Neifin, when the night is down?

CHRISTY It's little you'll think if my love's a poacher's, or an earl's itself, when you'll feel my two hands stretched around you, and I squeezing kisses on your puckered lips, till I'd feel a kind of pity for the Lord God is all ages sitting lonesome in his golden chair.

PEGEEN That'll be right fun, Christy Mahon, and any girl would walk her heart out before she'd meet a young man was your like for eloquence, or talk, at all.

CHRISTY ―[encouraged.] Let you wait, to hear me talking, till we're astray[247] in Erris, when Good Friday's by, drinking a sup from a well, and making mighty kisses with our wetted mouths, or gaming[248] in a gap or sunshine, with yourself stretched back unto your necklace, in the flowers of the earth.

PEGEEN ―[in a lower voice, moved by his tone.] ― I'd be nice so, is it?

CHRISTY ―[with rapture.] ― If the mitred bishops seen you that time, they'd be the like of the holy prophets, I'm thinking, do be straining the bars of Paradise to lay eyes on the Lady Helen of Troy, and she abroad, pacing back and forward, with a nosegay in her golden shawl.

---

247) astray = wandering. 거닐다.
248) gaming = 즐거운 시간을 보내다.

페긴 [그를 장난스럽게 바라보며.] - 크리스티 마흔 씨, 당신의 사랑은 밤이 되었을 때 네이핀 산 계곡에서 하는 밀렵꾼의 사랑 같은 것인가요?

크리스티 그대가 그대를 안고 있는 내 두 팔을 느끼고, 그대의 다문 입술에 내가 키스세례를 퍼부을 때, 그래서 내가 영원토록 황금보좌에 앉아계신 주 하나님께 미안하게 느낄 때 그대는 내 사랑이 밀렵꾼의 사랑이든 백작의 사랑이든 개의치 않을 겁니다.

페긴 그럼 신나겠어요, 크리스티 마흔 씨. 그리고 아가씨들이 아무리 돌아다녀도 당신처럼 언변이 좋고 이야기를 잘하는 사람을 만날 수 없을 거예요.

크리스티 -[고무되어.] 기다렸다가 성금요일쯤 에리스 지방 들판에서 샘물을 한 모금 마시고 촉촉한 입술로 키스를 하기도 하고 울타리 틈에서나 햇볕을 쬐며 목걸이가 보일 정도로 꽃밭에 누워 장난을 칠 때 나의 하는 말을 들어보세요.

페긴 -[그의 말투에 감동 받아 더욱 낮은 목소리로] - 나는 예쁠까요?

크리스티 -[황홀하여] - 만약 주교관을 쓴 주교들이 그 때 그대를 본다면 그들은 금빛 숄에 꽃을 꽂고 산책하는 트로이의 헬렌을 보려고 낙원의 창살을 구부러뜨리는 성스러운 예언자처럼 행동할 것입니다.

PEGEEN   —[with real tenderness.]— And what is it I have, Christy
          Mahon, to make me fitting entertainment for the like of
          you, that has such poet's talking, and such bravery of
          heart?

CHRISTY   —[in a low voice.]— Isn't there the light of seven heavens
          in your heart alone, the way you'll be an angel's lamp to
          me from this out, and I abroad in the darkness, spearing
          salmons in the Owen, or the Carrowmore?

PEGEEN   If I was your wife, I'd be along with you those nights,
          Christy Mahon, the way you'd see I was a great hand at
          coaxing bailiffs, or coining funny nick-names for the
          stars of night.

CHRISTY   You, is it? Taking your death in the hailstones, or in the
          fogs of dawn.

PEGEEN   Yourself and me would shelter easy in a narrow bush,
          (with a qualm of dread) but we're only talking, maybe, for
          this would be a poor, thatched place to hold a fine lad is
          the like of you.

CHRISTY   —[putting his arm round her.]— If I wasn't a good Christian,
          it's on my naked knees I'd be saying my prayers and
          paters to every jackstraw you have roofing your head,
          and every stony pebble is paving the laneway to your
          door.

PEGEEN   —[radiantly.] If that's the truth, I'll be burning candles
          from this out to the miracles of God that have brought
          you from the south to-day, and I, with my gowns bought
          ready, the way that I can wed you, and not wait at all.

페긴	─[아주 부드럽게.]─크리스티 마흔 씨, 이처럼 시인의 말솜씨와 용감한 가슴을 가진 당신 같은 이에게 어울리는 즐거움을 내가 줄 수 있을까요?
크리스티	─[낮은 목소리로]─그대의 가슴에는 일곱 하늘의 빛이 있지 않나요? 이제부터 내가 밤중에 나가 오웬 강이나 캐로우모어 호수에서 연어낚시를 할 때 그대는 나에게 천사의 등불이 될 것입니다.
페긴	내가 만약 그대의 아내라면 그런 밤에 함께 있고 싶어요, 크리스티 마흔 씨. 당신은 내가 토지관리인들을 구워삶거나 별들의 재미난 별명을 잘 짓는다는 걸 알게 될 거예요.
크리스티	그대가요? 그러다가 우박을 맞고 죽거나 새벽안개 속에서 죽는 거지요.
페긴	그대와 나는 좁은 숲 속에서도 쉽게 몸을 피할 수 있을 거예요. (두려움으로 거북해하며) 하지만 말하자면 그렇다는 거죠. 이 집은 그대 같은 아름다운 청년이 머물기엔 초라한 초가집이거든요.
크리스티	─[그녀에게 팔을 두르며] 내가 크리스찬이 아니라면 그대의 머리 위를 가리고 있는 하찮은 지푸라기 하나에도, 그리고 그대의 현관 앞길에 깔린 조약돌 하나에도 무릎을 꿇고 기도와 주기도문을 외우고 싶어요.
페긴	─[황홀하여] 그게 사실이라면 나는 지금 오늘 그대를 남쪽에서 데리고 온 하느님의 기적에 감사하는 봉헌의 촛불을 켜놓을게요. 나는 이미 웨딩드레스를 장만했으니 기다릴 필요 없이 당장 그대와 결혼할 수 있어요.

CHRISTY   It's miracles, and that's the truth. Me there toiling a long while, and walking a long while, not knowing at all I was drawing all times nearer to this holy day.

PEGEEN   And myself, a girl, was tempted often to go sailing the seas till I'd marry a Jew-man, with ten kegs of gold, and I not knowing at all there was the like of you drawing nearer, like the stars of God.

CHRISTY   And to think I'm long years hearing women talking that talk, to all bloody fools, and this the first time I've heard the like of your voice talking sweetly for my own delight.

PEGEEN   And to think it's me is talking sweetly, Christy Mahon, and I the fright of seven townlands for my biting tongue. Well, the heart's a wonder; and, I'm thinking, there won't be our like in Mayo, for gallant lovers, from this hour, to-day. (Drunken singing is heard outside.) There's my father coming from the wake, and when he's had his sleep we'll tell him, for he's peaceful then. [They separate.]

MICHAEL   —[singing outside]—

The jailor and the turnkey
They quickly ran us down,
And brought us back as prisoners
Once more to Cavan town.

[He comes in supported by Shawn.]

크리스티	이건 기적입니다. 사실이에요. 고향에서 오랫동안 일하면서, 그리고 오랫동안 여행하면서 이 성스러운 날이 다가오는 것을 몰랐어요.
페긴	소녀인 저는 엄청난 금을 가진 유태인과 결혼하려고 가끔 바다로 항해를 떠나고 싶은 유혹을 느꼈는데, 그대 같은 이가 신의 별들처럼 가까이 오고 있는 것을 몰랐어요.
크리스티	오래 전부터 여자들이 바보들에게 그런 이야기를 하는 것을 들었는데, 당신 같은 사람의 목소리가 나를 위해서 달콤하게 말하는 것을 듣는 건 이번이 처음입니다.
페긴	크리스티 마흔 씨, 매서운 혀 때문에 일곱 마을의 공포의 대상이었던 내가 지금 다정한 목소리로 대화를 하고 있는 걸 생각하면... 참, 마음은 경이로운 것이에요. 오늘 이 시간 이후로 메이요에 우리처럼 멋지게 사랑하는 연인들은 없을 거예요. [밖에서 취한 노래 소리가 들린다.] 아버지가 문상을 다녀오시는군요. 아버지가 한 숨 주무시고 나면 말씀드리죠. 그땐 점잖으시거든요. [서로 떨어진다.]
마이클	—[밖에서 노래하며.]— 간수와 그의 조수 그들은 잽싸게 우리를 붙잡아서 죄수로 끌고 왔죠 또 다시 캐반 마을로.

[그가 숀의 부축을 받으며 들어온다.]

There we lay bewailing

All in a prison bound....

[He sees Christy. Goes and shakes him drunkenly by the hand, while Pegeen and Shawn talk on the left.]

MICHAEL ─[to Christy.] ─ The blessing of God and the holy angels on your head, young fellow. I hear tell you're after winning all in the sports below; and wasn't it a shame I didn't bear you along with me to Kate Cassidy's wake, a fine, stout lad, the like of you, for you'd never see the match of it for flows of drink, the way when we sunk[249] her bones at noonday in her narrow grave, there were five men, aye, and six men, stretched out retching[250] speechless on the holy stones.

CHRISTY ─[uneasily, watching Pegeen.] ─ Is that the truth?

MICHAEL It is then, and aren't you a louty[251] schemer to go burying your poor father unbeknownst when you'd a right to throw him on the crupper[252] of a Kerry[253] mule and drive him westwards, like holy Joseph in the days gone by, the way we could have given him a decent burial, and not have him rotting beyond, and not a Christian drinking a smart drop[254] to the glory of his soul?

---

249) sunk = lowered. 내리다.
250) retching = 토하다.
251) louty = loutish. 촌스러운.
252) crupper = 궁댕이.
253) Kerry = 남쪽의 크리스티의 고향마을.
254) smart drop = strong alcoholic beverage. 독주.

우리는 누워 울었죠

감옥 안에서

꽁꽁 묶인 채

[그가 크리스티를 본다. 페긴과 숀이 왼쪽에서 이야기하는 동안 마이클은 크리스티에게 가서 비틀거리며 악수를 한다.]

마이클 　―[크리스티에게.]― 젊은 친구. 자네의 머리 위에 하느님과 천사들의 축복이 내리길 빌겠네. 저 아래 운동경기에서 자네가 일등을 싹쓸이했다는 이야기를 들었네. 자네 같은 잘생기고 건장한 청년을 케이트 캐시디 상가에 데려가지 않은 건 애석한 일이야. 술이 끝없이 나왔지. 그 결과 정오경 좁디좁은 묘지에 하관할 때 대여섯 명의 장정이 인사불성이 되어 묘비석에 토하고 뻗어버렸지.

크리스티 　―[불안하게 페긴을 쳐다보며]― 그게 사실인가요?

마이클 　그렇다네. 옛날에 요셉이 그랬던 것처럼 자네도 아버지 시신을 케리 노새 잔등에 싣고 서쪽으로 갔어야 했는데, 아무에게도 알리지 않고 매장한 건 어설픈 인간이나 하는 짓일세. 아버지의 영혼의 영광을 위해 술 한 잔 바치지 않고 시신이 썩도록 내버려둘 것이 아니라 정중한 장례를 치러드렸어야 하네.

CHRISTY —[gruffly.] It's well enough he's lying, for the likes of him.

MICHAEL —[slapping him on the back.] — Well, aren't you a hardened slayer? It'll be a poor thing for the household man[255] where you go sniffing for a female wife; and (pointing to Shawn) look beyond at that shy and decent Christian I have chosen for my daughter's hand, and I after getting the gilded dispensation this day for to wed them now.

CHRISTY And you'll be wedding them this day, is it?

MICHAEL —[drawing himself up.] — Aye. Are you thinking, if I'm drunk itself, I'd leave my daughter living single with a little frisky rascal is the like of you?

PEGEEN —[breaking away from Shawn.] — Is it the truth the dispensation's come?

MICHAEL —[triumphantly.] Father Reilly's after reading it in gallous[256] Latin, and "It's come in the nick of time," says he; "so I'll wed them in a hurry, dreading that young gaffer who'd capsize the stars."

PEGEEN —[fiercely.] He's missed his nick of time, for it's that lad, Christy Mahon, that I'm wedding now.

MICHAEL —[loudly with horror.] — You'd be making him a son to me, and he wet and crusted with his father's blood?

PEGEEN Aye. Wouldn't it be a bitter thing for a girl to go marrying the like of Shaneen, and he a middling kind of a scarecrow, with no savagery or fine words in him at all?

---

255) the household man = man of the house.
256) gallous = 멋진, 웅변적인.

크리스티   ─[퉁명스럽게] 울 아버지 같은 사람은 그렇게 내버려두어도 싸지요.

마이클   ─[크리스티의 등을 때리면서]─자네 참으로 잔인한 살인자로군? 자네가 신붓감을 찾아 킁킁거리고 다니는 곳마다 아버지들은 불안에 떨 거야. (손을 가리키며) 저기 내 딸과 맺어주려고 고른 숫기 없고 착한 크리스찬을 보게나. 오늘 결혼시켜도 좋다는 금박의 허가서를 받았지.

크리스티   저 사람들을 오늘 결혼시킨다구요?

마이클   ─[자세를 곧게 하면서]─그래. 내가 술 취했다고 해서, 자네 같은 바람둥이 건달 옆에서 내 딸을 혼자 살도록 내버려 둘 것으로 생각하나?

페긴   ─[손에게서 물러서면서.] 결혼허가서가 왔다는 게 사실인가요?

마이클   ─[의기양양하여.] 라일리 신부님이 그걸 근사한 라틴어로 읽어주셨다. 그리고 이렇게 말씀하셨지. "때마침 잘 도착했다. 별들도 혼비백산하게 만들 젊은 친구가 무서워서라도 두 사람을 서둘러 결혼시켜야지."

페긴   ─[완강하게] 신부님은 때를 놓쳤어요. 지금 내가 결혼할 사람은 저 청년, 크리스티 마흔이예요.

마이클   ─[두려움 섞인 큰 소리로]─지 애비 피로 얼룩진 저 인간을 내 사위로 만들겠다고?

페긴   네. 깡다구도 없고 말주변도 없는 허수아비 같은 꼬마 손과 결혼하는 건 끔찍하지 않아요?

MICHAEL — [gasping and sinking on a chair.] — Oh, aren't you a heathen daughter to go shaking the fat of my heart, and I swamped and drownded with the weight of drink? Would you have them turning on me the way that I'd be roaring to the dawn of day with the wind upon my heart? Have you not a word to aid me, Shaneen? Are you not jealous at all?

SHANEEN — [In great misery.] — I'd be afeard to be jealous of a man did slay his da.

PEGEEN Well, it'd be a poor thing to go marrying your like. I'm seeing there's a world of peril for an orphan girl, and isn't it a great blessing I didn't wed you, before himself came walking from the west or south?

SHAWN It's a queer story you'd go picking a dirty tramp up from the highways of the world.

PEGEEN — [playfully.] And you think you're a likely beau to go straying along with, the shiny Sundays of the opening year, when it's sooner on a bullock's[257] liver you'd put a poor girl thinking than on the lily or the rose?

SHAWN And have you no mind of my weight of passion, and the holy dispensation, and the drift of heifers I am giving, and the golden ring?

---

257) bullock = 수송아지.

마이클　—[숨을 몰아쉬며 의자에 주저앉으며]— 내가 술독에 빠져 허우적대고 있다고 해서 심장이 벌렁벌렁 하게 만들다니 네가 이교도의 딸이냐? 내가 찬바람 속에서 밤새 난리를 쳐서 사람들이 잠 못 잔다고 항의를 하게 할 셈이냐? 꼬마 숀, 자네는 할 말 없나? 질투가 나지도 않아?

꼬마 숀　—[비참한 심정으로.]— 자기 아버지를 죽인 사람을 질투하기는 무서워요.

페긴　—당신 같은 사람과 결혼하는 건 한심하죠. 나는 고아소녀로 험한 세상을 살아가는데, 저 사람이 서쪽인지 남쪽인지에서 나타나기 전에 당신과 결혼하지 않은 건 큰 축복 아니겠어요?

숀　당신이 길바닥에 뒹구는 거지같은 떠돌이 하나를 꿰차다니 이해할 수 없어.

페긴　—[장난스럽게] 당신은 당신이 아가씨들이 화창한 봄 일요일에 함께 산책을 나가고 싶은 매력남이라고 생각하세요? 당신은 여자에게 백합이나 장미보다는 황소의 간 이야기를 더 많이 할 사람 아닌가요?

숀　당신은 내 열정의 무게와 성스러운 결혼허가서, 나에게 받을 암송아지들과 금반지를 잊었나요?

PEGEEN	I'm thinking you're too fine for the like of me, Shawn Keogh of Killakeen, and let you go off till you'd find a radiant lady with droves of bullocks on the plains of Meath,[258] and herself bedizened[259] in the diamond jewelleries of Pharaoh's ma. That'd be your match, Shaneen. So God save you now! [She retreats behind Christy.]
SHAWN	Won't you hear me telling you...?
CHRISTY	—[with ferocity.] — Take yourself from this, young fellow, or I'll maybe add a murder to my deeds to-day.
MICHAEL	—[springing up with a shriek.] — Murder is it? Is it mad yous are? Would you go making murder in this place, and it piled with poteen for our drink to-night? Go on to the foreshore if it's fighting you want, where the rising tide will wash all traces from the memory of man. [Pushing Shawn towards Christy.]
SHAWN	—[shaking himself free, and getting behind Michael.] — I'll not fight him, Michael James. I'd liefer live a bachelor, simmering in passions to the end of time, than face a lepping savage the like of him has descended from the Lord knows where. Strike him yourself, Michael James, or you'll lose my drift of heifers and my blue bull from Sneem.[260]
MICHAEL	Is it me fight him, when it's father-slaying he's bred to now? (Pushing Shawn.) Go on you fool and fight him now.

---

258) plains of Meath = 중동부 아일랜드의 비옥한 지방.
259) bedizened = 치장한.
260) Sneem = Kerry. 카운티의 마을.

페긴	킬라킨 마을의 숀 키오그 씨, 내 생각에 당신은 나 같은 사람에겐 너무 과분해요. 미드 평원에 황소 떼와 함께 있는 화려한 여성을 찾으세요. 파라오의 어머니의 다이아몬드 보석으로 치장하고 있는 여성 있잖아요. 그 사람이 당신의 짝이 될 거예요, 꼬마 숀 씨. 하느님이 당신을 구원하시길. [크리스티의 뒤로 숨는다.]
숀	내 말 좀 들어보지 않을래요?
크리스티	―[험악하게]― 형씨, 여기서 나가요. 안 그러면 나 오늘 한 명 더 죽일지도 몰라요.
마이클	―[비명소리와 함께 일어나며.] ―살인이라고? 자네들 미쳤나? 오늘 마실 위스키를 잔뜩 쌓아놓았는데 여기서 살인을 하겠다는 건가? 싸움을 하고 싶다면 밀물이 인간의 기억에서 모든 흔적을 지워버리는 해변으로 가게나. [숀을 크리스티 쪽으로 민다.]
숀	―[몸을 피해서 마이클 뒤로 숨으며.] ―마이클 제임스 씨, 난 저 사람과 싸우지 않을 거예요. 근본이 어떤지도 모르는 저런 야만인과 맞서느니 차라리 평생 짝사랑 하면서 독신으로 살겠어요. 아저씨가 직접 상대하세요. 안 그러면 내가 드리기로 한 암송아지들과 스님마을에서 가져온 푸른 황소는 없는 걸로 아세요.
마이클	저 친구는 타고난 아버지 살해범인데 내가 맞서 싸우라고? [손을 밀면서.] 자네가 싸우게.

SHAWN	—[coming forward a little.] — Will I strike him with my hand?
MICHAEL	Take the loy is on your western side.[261]
SHAWN	I'd be afeard of the gallows if I struck him with that.
CHRISTY	—[taking up the loy.] — Then I'll make you face the gallows or quit off from this. [Shawn flies out of the door.]
CHRISTY	Well, fine weather be after him, (going to Michael, coaxingly) and I'm thinking you wouldn't wish to have that quaking blackguard in your house at all. Let you give us your blessing and hear her swear her faith to me, for I'm mounted on the spring-tide of the stars of luck, the way it'll be good for any to have me in the house.
PEGEEN	[at the other side of Michael.] — Bless us now, for I swear to God I'll wed him, and I'll not renege.[262]
MICHAEL	—[standing up in the centre, holding on to both of them.] — It's the will of God, I'm thinking, that all should win an easy or a cruel end, and it's the will of God that all should rear up lengthy families for the nurture of the earth. What's a single man, I ask you, eating a bit in one house and drinking a sup in another, and he with no place of his own, like an old braying jackass strayed upon the rocks? (To Christy.) It's many would be in dread to bring your like into their house for to end them, maybe, with a sudden end; but I'm a decent man of Ireland, and I liefer

261) western side = left side. 왼쪽.
262) renege = break promise. 약속을 깨다.

숀	―[약간 앞으로 나오며.] 주먹으로 칠까요?
마이클	왼쪽에 있는 삽을 들게.
숀	저걸로 저 사람을 치면 교수대에 갈까봐 두려워요.
크리스티	―[삽을 집는다]―그렇담 내가 당신이 교수대에 올라가게 해주지. 아니면 썩 꺼지든가. [숀이 문 밖으로 달아난다.]
크리스티	저 친구에게 행운이 있기를 바래요. [마이클에게 가서 부드럽게] 행여나 저 겁쟁이를 집안에 두고 싶지 않으실 거라고 생각합니다. 저희들을 축복을 하시고 페긴이 저에게 사랑을 맹세하는 걸 들어주세요. 저는 행운의 별들의 봄기운을 올라타고 있어 저를 받아들이는 집은 재수가 좋게 되어 있어요.
페긴	[마이클 맞은편에서]― 우리를 축복해주세요. 하느님께 맹세코 저는 이 사람과 결혼할 거예요. 내 마음은 변하지 않아요.
마이클	―[중앙에 서서 두 사람을 붙잡고.]―모든 사람은 편안한 최후 또는 잔혹한 최후를 맞이하는 것이 하느님의 뜻이라고 생각한다. 모든 사람은 땅의 양육을 위하여 대가족을 기르는 것이 하느님의 뜻이다. 묻고 싶다. 바위들 사이에서 길을 잃고 우는 수탕나귀처럼 거처도 없이 이 집에서 밥을 먹고 저 집에서 물을 마시는 독신남이란 무엇인가? (크리스티에게) 많은 사람들은 자네를 집안에 들여놓았다가 갑자기 모두 죽게 될까봐 두려워할 거야. 그러나 나는 당당한 아일랜드 대장부다. 네가 숀 키오그와 시시한 잡초 같은

face the grave untimely[263] and I seeing a score of grandsons growing up little gallant swearers by the name of God, than go peopling my bedside with puny weeds the like of what you'd breed, I'm thinking, out of Shaneen Keogh. (He joins their hands.) A daring fellow is the jewel of the world, and a man did split his father's middle with a single clout, should have the bravery of ten, so may God and Mary and St. Patrick bless you, and increase you from this mortal day.

CHRISTY AND PEGEEN   Amen, O Lord!

[Hubbub outside.]

[Old Mahon rushes in, followed by all the crowd, and Widow Quin. He makes a rush at Christy, knocks him down, and begins to beat him.]

PEGEEN   —[dragging back his arm.]— Stop that, will you. Who are you at all?

MAHON   His father, God forgive me!

PEGEEN   —[drawing back.]— Is it rose from the dead?

MAHON   Do you think I look so easy quenched[264] with the tap of a loy? [Beats Christy again.]

PEGEEN   —[glaring at Christy.]— And it's lies you told, letting on you had him slitted, and you nothing at all.

---

263) untimely = prematurely. 젊은 나이에.
264) quenched = killed. 죽임을 당하다.

아이들을 낳아서 내 침대 주위를 채우는 것보다 차라리 제 명에 못 죽더라도 스무 명의 손자들이 신의 이름을 망령되이 부르는 못된 악동으로 자라는 것을 보는 걸 택하련다. [그는 두 사람의 손을 포갠다.] 깡다구 있는 남자는 세상의 보석이다. 한 방에 아버지의 허리까지 갈라버린 사람이라면 열 명의 담력을 가지고 있을 것이다. 하느님과 성모 마리아와 성 패트릭이 너희를 축복하시고 오늘 이후로 번영하게 하소서.

크리스티와 페긴 아멘. 오 주여!

[밖이 소란하다]

[아버지 마흔이 뛰어 들어오고, 이어서 군중과 과부 퀸이 따라 들어온다. 아버지 마흔은 크리스티에게 달려들어 쓰러뜨리고 두들겨 패기 시작한다.]

페긴 —[그의 팔을 떼어내며]— 그만두세요. 아저씨는 도대체 누구세요?

마흔 얘 아버지요, 하느님 용서하소서.

페긴 —[물러나며]— 죽은 자 가운데서 살아났단 말인가요?

마흔 내가 삽자루 한 방에 그렇게 쉽게 죽을 걸로 보이나요? [크리스티를 다시 때린다.]

페긴 —[크리스티를 노려보며]— 그럼 거짓말을 했군요. 아무 짓도 안 했으면서 아버지를 두 동강을 낸 것처럼.

CHRISTY　　─[clutching Mahon's stick.]─ He's not my father. He's a raving maniac would scare the world. (Pointing to Widow Quin.) Herself knows it is true.

CROWD　　You're fooling Pegeen! The Widow Quin seen him this day, and you likely knew! You're a liar!

CHRISTY　　─[dumbfounded.] It's himself was a liar, lying stretched out with an open head on him, letting on he was dead.

MAHON　　Weren't you off racing the hills before I got my breath with the start I had seeing you turn on me at all?

PEGEEN　　And to think of the coaxing[265] glory we had given him, and he after doing nothing but hitting a soft blow and chasing northward in a sweat of fear. Quit off from this.

CHRISTY　　─[piteously.] You've seen my doings this day, and let you save me from the old man; for why would you be in such a scorch of haste to spur me to destruction now?

PEGEEN　　It's there your treachery is spurring me, till I'm hard set to think you're the one I'm after lacing in my heart-strings half-an-hour gone by. (To Mahon.) Take him on from this, for I think bad the world should see me raging for a Munster liar, and the fool of men.

MAHON　　Rise up now to retribution, and come on with me.

CROWD　　─[jeeringly.] There's the playboy! There's the lad thought he'd rule the roost in Mayo. Slate[266] him now, mister.

---

265) coaxing = flattering. 아첨하는.
266) slate = beat. 때리다.

크리스티	―[아버지 마흔의 막대기를 붙잡고.] ―이 사람은 우리 아버지가 아녜요. 헛소리하는 미치광이로, 모두가 무서워해요. [과부 퀸을 가리키며] 아줌마가 그 사실을 알아요.
군중	당신은 페긴을 속이고 있어. 과부 퀸이 저 아저씨를 아까 만났고, 당신도 알고 있잖아. 당신은 거짓말쟁이야!
크리스티	―[아연실색하여.] 거짓말쟁이는 저 사람이에요. 머리가 박살난 채 대자로 뻗어서 죽은 척 했어요.
마흔	내가 너의 공격으로 충격을 받고 숨을 돌리기도 전에 너는 언덕으로 도망치지 않았어?
페긴	기껏 약하게 한 대 때리고 두려움의 식은 땀을 흘리며 북쪽으로 도망 온 사람에게 온갖 달콤한 찬양을 한 걸 생각하면... 여기서 나가주세요.
크리스티	―[애원하듯] 당신은 오늘 내 실력을 봤으니 저 늙은이로부터 나를 구해주세요. 왜 이렇게 서둘러서 나를 내팽개치는 거죠?
페긴	당신의 거짓이 나를 그렇게 만들었지요. 반시간 전만 해도 마음의 현으로 당신을 아름답게 장식했다는 게 믿기 어려워요. (아버지 마흔에게) 저 사람 데리고 나가주세요. 내가 먼스터 출신 거짓말쟁이에다 바보 때문에 흥분하는 걸 사람들에게 보이고 싶지 않아요.
마흔	일어나 벌을 받아라. 그리고 나를 따라와.
군중	―[빈정거리며] 사나이 좋아하시네! 저 사람이 메이요에서 짱 노릇하려고 했었지. 아저씨, 저 사람 혼내주세요.

CHRISTY —[getting up in shy terror.] — What is it drives you to torment me here, when I'd asked the thunders of the might of God to blast me if I ever did hurt to any saving only that one single blow.

MAHON —[loudly.] If you didn't, you're a poor good-for-nothing, and isn't it by the like of you the sins of the whole world are committed?

CHRISTY —[raising his hands.] — In the name of the Almighty God....

MAHON Leave troubling the Lord God. Would you have him sending down droughts, and fevers, and the old hen[267] and the cholera morbus?[268]

CHRISTY —[to Widow Quin.] — Will you come between us and protect me now?

WIDOW QUIN I've tried a lot, God help me, and my share is done.

CHRISTY —[looking round in desperation.] — And I must go back into my torment is it, or run off like a vagabond straying through the Unions with the dusts of August making mudstains in the gullet of my throat, or the winds of March blowing on me till I'd take an oath I felt them making whistles of my ribs within?

SARA Ask Pegeen to aid you. Her like does often change.

---

267) old hen = influenza. 유행성 독감.
268) cholera morbus = 전염병 콜레라.

크리스티	—[수줍음과 두려움 속에서 일어나며]— 뭣 때문에 여기까지 와서 나를 괴롭히는 거죠? 그 한 대 때린 걸 제외하고 내가 어느 누군가를 다치게 할 경우 신의 벼락을 받게 해달라고 기도했어요.
마흔	—[큰 소리로] 기도를 안 했다 하더라도 넌 아무짝에 쓸모없는 놈이야. 온 세상의 죄악은 너 같은 놈이 짓지 않던가?
크리스티	—[손을 들어올리며]— 전능하신 하느님의 이름으로...
마흔	주 하느님을 성가시게 하지마라. 하느님이 가뭄과 열병과 독감과 콜레라를 내려 보내시면 어쩌려고 그래?
크리스티	—[과부 퀸에게]— 우리 사이에 끼어들어 저를 보호해 주세요.
과부 퀸	여러 번 해봤지요. 내 역할은 끝났어요.
크리스티	—[절망적으로 둘러보며]— 난 돌아가 고통 속에서 살거나, 도망가서 방랑자처럼 전국을 유랑하며 8월의 먼지를 들이마시거나 갈비뼈 사이에서 휘파람 소리가 날 때까지 3월의 바람을 맞아야 해요.
사라	페긴에게 도와달라고 하세요. 그런 사람도 가끔은 변해요.

CHRISTY   I will not then, for there's torment in the splendour of her like, and she a girl any moon of midnight would take pride to meet, facing southwards on the heaths of Keel.[269] But what did I want crawling forward to scorch my understanding at her flaming brow?

PEGEEN   ―[to Mahon, vehemently, fearing she will break into tears.] ― Take him on from this or I'll set the young lads to destroy him here.

MAHON   ―[going to him, shaking his stick.] ― Come on now if you wouldn't have the company to see you skelped.

PEGEEN   ―[half laughing, through her tears.] ― That's it, now the world will see him pandied,[270] and he an ugly liar was playing off the hero, and the fright of men.

CHRISTY   ―[to Mahon, very sharply.] ― Leave me go!

CROWD   That's it. Now Christy. If them two set fighting, it will lick the world.

MAHON   ―[making a grab at Christy.] ― Come here to me.

CHRISTY   ―[more threateningly.] ― Leave me go, I'm saying.

MAHON   I will maybe, when your legs is limping, and your back is blue.

CROWD   Keep it up, the two of you. I'll back the old one. Now the playboy.

---

269) Keel = 메이요 해안의 Achill 섬의 마을.
270) pandied = 학교에서 회초리를 맞다.

크리스티	싫어요. 그런 사람의 눈빛은 아픔을 주지요. 그녀는 남쪽 키일 마을의 황야를 비추는 한밤의 어떤 달이라도 자랑스럽게 만나보고 싶어 할 소녀지요. 하지만 난 뭣 때문에 가까이 기어갔다가 그녀의 뜨거운 이마에 나의 마음을 데이고 말았을까요?
페긴	―[울음을 참으면서 강력하게 아버지 마흔에게]―그 사람을 데리고 가세요. 안 그러면 청년들에게 저 사람을 해치라고 할 거예요.
마흔	―[막대기를 흔들면서 크리스티에게 간다.]―망신당하는 걸 보여주고 싶지 않으면 따라와.
페긴	―[눈물 반 웃음 반으로]―그래요. 저 사람은 영웅쇼를 한 추악한 거짓말쟁이에다 남자들의 두려움이었으니, 모두가 그가 얻어터지는 걸 보고 싶을 거예요.
크리스티	―[매우 날카롭게 아버지 마흔에게]―놔줘요!
군중	그렇지. 힘내라, 크리스티. 만약 두 사람이 싸우면, 볼만할 거야.
마흔	―[크리스티를 붙잡으며] 이리와.
크리스티	―[좀 더 위협적으로]―날 내버려두라니까요.
마흔	네 다리가 절뚝거리고 등이 시퍼렇게 되고 나서 그렇게 해주지.
군중	자, 두 사람 힘내요. 난 나이든 사람을 응원할거야. 사나이도 힘내라고.

CHRISTY — [in low and intense voice.] — Shut your yelling, for if you're after making a mighty man of me this day by the power of a lie, you're setting me now to think if it's a poor thing to be lonesome, it's worse maybe to go mixing with the fools of earth. [Mahon makes a movement towards him.]

CHRISTY — [almost shouting.] — Keep off... lest I do show a blow unto the lot of you would set the guardian angels winking in the clouds above. [He swings round with a sudden rapid movement and picks up a loy.]

CROWD — [half frightened, half amused.] — He's going mad! Mind yourselves! Run from the idiot!

CHRISTY If I am an idiot, I'm after hearing my voice this day saying words would raise the topknot on a poet in a merchant's town. I've won your racing, and your lepping, and...

MAHON Shut your gullet and come on with me.

CHRISTY I'm going, but I'll stretch you first. [He runs at old Mahon with the loy, chases him out of the door, followed by crowd and Widow Quin. There is a great noise outside, then a yell, and dead silence for a moment. Christy comes in, half dazed, and goes to fire.]

WIDOW QUIN — [coming in, hurriedly, and going to him.] — They're turning again you. Come on, or you'll be hanged, indeed.

CHRISTY I'm thinking, from this out, Pegeen'll be giving me praises the same as in the hours gone by.

WIDOW QUIN — [impatiently.] Come by the back-door. I'd think bad to have you stifled on the gallows tree.

크리스티 ー[낮고 강한 목소리로] ー 소리 지르지들 마세요. 당신들은 거짓말의 힘으로 나를 무적의 사나이로 만들어놓고, 이제 와서 외로운 건 안 좋은 일이지만 바보들과 어울리는 건 더 안 좋은 일이라고 내가 생각하도록 강요하고 있어요. [마흔이 그를 향해 움직인다.]

크리스티 [거의 고함소리에 가깝게] ー 가까이 오지 말아요.... 당신들에게 구름 위의 수호천사들이 움찔할 정도의 일격을 가하기 전에. [갑자기 잽싸게 돌아서더니 삽을 집어 든다.]

군중 ー[반은 놀라고 반은 재미있어 한다.] 저 사람 미쳤다! 조심해요. 멍청이를 피하세요!

크리스티 내가 멍청이일지도 모르지만, 오늘 나는 내가 상인의 세상에서 시인의 머리카락이 쭈뼛 서게 할 말들을 하는 것을 들었습니다. 나는 노새경주와 달리기에서 우승을 했으며...

마흔 입 닥치고 나를 따라와.

크리스티 갈게요. 하지만 아버지를 먼저 때려눕히겠어요. [삽을 들고 아버지 마흔에게 달려들고 문밖으로 쫓아나간다. 군중과 과부 퀸이 그들을 따라간다. 밖에서 요란한 소리, 고함소리가 들리고 그 다음 잠잠하다. 크리스티가 반쯤 정신이 나간 상태로 들어와 불가로 간다.]

과부 퀸 ー[급히 들어와 그에게 간다.] ー 사람들이 총각에게 등을 돌렸어요. 교수형 당하고 싶지 않으면 도망가세요.

크리스티 이제 페긴이 아까와 똑같은 칭찬을 나에게 할 걸로 생각해요.

과부 퀸 ー[성급하게] 뒷문으로 나가요. 총각이 교수대에서 목이 졸려 죽는 걸 보고 싶지 않아요.

CHRISTY   —[indignantly.] I will not, then. What good'd be my life-time, if I left Pegeen?

WIDOW QUIN   Come on, and you'll be no worse than you were last night; and you with a double murder this time to be telling to the girls.

CHRISTY   I'll not leave Pegeen Mike.

WIDOW QUIN   —[impatiently.] Isn't there the match of her in every parish public,[271] from Binghamstown[272] unto the plain of Meath? Come on, I tell you, and I'll find you finer sweethearts at each waning moon.

CHRISTY   It's Pegeen I'm seeking only, and what'd I care if you brought me a drift of chosen females, standing in their shifts itself, maybe, from this place to the Eastern World?

SARA   —[runs in, pulling off one of her petticoats.]— They're going to hang him. (Holding out petticoat and shawl.) Fit these upon him, and let him run off to the east.

WIDOW QUIN   He's raving now; but we'll fit them on him, and I'll take him, in the ferry, to the Achill boat.

CHRISTY   —[struggling feebly.]— Leave me go, will you? when I'm thinking of my luck to-day, for she will wed me surely, and I a proven hero in the end of all. [They try to fasten petticoat round him.]

WIDOW QUIN   Take his left hand, and we'll pull him now. Come on, young fellow.

---

271) parish public = 마을 술집.
272) Binghamstown = 서부 메이요 카운티의 마을.

크리스티	─[분개하여] 싫어요. 내가 페긴과 헤어진다면 사는 게 무슨 의미가 있겠어요?
과부 퀸	무슨 소리. 총각 처지가 어제 밤보다 더 나빠진 건 아니에요. 이제 아가씨들에게 이야기해줄 살인을 두 번이나 저질렀잖아요.
크리스티	난 페긴 마이크를 떠나지 않을 거예요.
과부 퀸	─[성급하게] 페긴 정도의 여자는 빙햄스타운에서 미드평원까지 어느 마을 술집에나 있지 않을까? 자, 서둘러요. 내가 매달 보름지나 더 예쁜 애인을 찾아줄게요.
크리스티	내가 원하는 건 오로지 페긴이에요. 아줌마가 여기서 동부지방까지 속치마 차림의 선발된 여성들을 한 트럭이나 데려온다 한들 나에게 무슨 소용이죠?
사라	─[달려 들어와서 속치마 중 하나를 벗으며] 저 사람 목을 매단대요. [속치마와 숄을 내밀면서] 이걸 그 사람에게 씌워서 동쪽으로 도망가게 하세요.
과부 퀸	그 사람 지금 제 정신이 아냐. 하지만 이것들을 그 사람에게 덮어씌워서 나루터에서 아킬 섬 가는 배에 태워야겠어.
크리스티	─[약하게 발버둥 치며] ─ 제발 절 놔주시겠어요? 저는 지금 오늘 제가 얼마나 운이 좋았는지 생각하고 있어요. 저는 검증된 영웅이었고, 페긴은 분명히 저와 결혼할 거예요. [그들은 외투를 그에게 씌우려 한다.]
과부 퀸	왼손을 잡으세요. 그리고 끌어당깁시다. 이리 와요, 젊은 양반.

CHRISTY —[suddenly starting up.] — You'll be taking me from her? You're jealous, is it, of her wedding me? Go on from this. [He snatches up a stool, and threatens them with it.]

WIDOW QUIN —[going.] — It's in the mad-house they should put him, not in jail, at all. We'll go by the back-door, to call the doctor, and we'll save him so. [She goes out, with Sara, through inner room. Men crowd in the doorway. Christy sits down again by the fire.]

MICHAEL —[in a terrified whisper.] — Is the old lad killed surely?

PHILLY I'm after feeling the last gasps quitting his heart. [They peer in at Christy.]

MICHAEL —[with a rope.] — Look at the way he is. Twist a hangman's knot on it, and slip it over his head, while he's not minding at all.

PHILLY Let you take it, Shaneen. You're the soberest of all that's here.

SHAWN Is it me to go near him, and he the wickedest and worst with me? Let you take it, Pegeen Mike.

PEGEEN Come on, so. [She goes forward with the others, and they drop the double hitch over his head.]

CHRISTY What ails you?

SHAWN —[triumphantly, as they pull the rope tight on his arms.] — Come on to the peelers, till they stretch[273] you now.

CHRISTY Me!

---

273) stretch = 목을 매달다.

크리스티 　―[갑자기 벌떡 일어나며] ―나를 그녀에게서 떼어놓으려는 건가요? 그녀가 나와 결혼하는 걸 질투하는 거지요? 가까이 오지 마세요. [의자를 하나 들어 올리더니 그걸로 위협한다.]

과부 퀸 　―[가면서] ―저 사람은 감옥이 아니라 정신병원에 넣어야겠어. 뒷문으로 나가서 의사를 부르자고. 그렇게 해서 저 사람을 구출해야지. [사라와 함께 내실을 통해서 밖으로 나간다. 남자들이 문간에 모여든다. 크리스티는 다시 불가에 앉는다.]

마이클 　―[겁에 질려 속삭이며] ―노인이 정말 죽은 거야?

필리 　나는 마지막 숨이 그의 심장을 떠나는 걸 보았어. [문 안으로 크리스티를 들여다본다.]

마이클 　―[밧줄을 가지고] ―그가 어찌 하고 있는지 보게. 올가미를 만들어서 그 친구가 한눈을 팔고 있을 때 머리 위로 씌우게.

필리 　꼬마 숀, 자네가 가지고 가. 여기 있는 사람 중에서 술을 안 마신 사람은 자네밖에 없어.

숀 　그 사람은 가장 사악하고 나를 제일 미워하는데 날더러 그 사람 가까이 가라고요? 페긴 마이크, 당신이 가지고 가세요.

페긴 　좋아요. [다른 사람들과 함께 가서 그의 머리 위에 올가미를 씌운다.]

크리스티 　무슨 일이죠?

숀 　―[사람들이 크리스티의 팔을 묶은 밧줄을 잡아당기는 동안, 의기양양하여] 경찰서에 갑시다. 당신 목을 매달아야지.

크리스티 　나를!

MICHAEL   If we took pity on you, the Lord God would, maybe, bring us ruin from the law to-day, so you'd best come easy, for hanging is an easy and a speedy end.

CHRISTY   I'll not stir. (To Pegeen.) And what is it you'll say to me, and I after doing it this time in the face of all?

PEGEEN   I'll say, a strange man is a marvel, with his mighty talk; but what's a squabble in your back-yard, and the blow of a loy, have taught me that there's a great gap between a gallous[274] story and a dirty deed. (To Men.) Take him on from this, or the lot of us will be likely put on trial for his deed to-day.

CHRISTY   ─[with horror in his voice.]─ And it's yourself will send me off, to have a horny-fingered hangman hitching his bloody slip-knots at the butt of my ear.

MEN   ─[pulling rope.]─ Come on, will you? [He is pulled down on the floor.]

CHRISTY   ─[twisting his legs round the table.]─ Cut the rope, Pegeen, and I'll quit the lot of you, and live from this out, like the madmen of Keel, eating muck and green weeds, on the faces of the cliffs.

PEGEEN   And leave us to hang, is it, for a saucy liar, the like of you? (To men.) Take him on, out from this.

SHAWN   Pull a twist on his neck, and squeeze him so.

PHILLY   Twist yourself. Sure he cannot hurt you, if you keep your distance from his teeth alone.

---

274) gallous = 화끈한.

마이클	만약 우리가 자네를 동정하게 되면, 주 하느님께서 아마도 오늘 법으로 우리를 벌하실 거야. 그러니 순순히 따라오게. 교수형은 쉽고 신속하게 끝내버리지.
크리스티	전 한 발짝도 움직이지 않겠어요. (페긴에게) 이번엔 모두가 보는 데서 일을 해치웠는데 어떻게 생각하세요?
페긴	낯선 사람이 말솜씨가 좋으면 신기하죠. 그러나 당신 집 뒷마당의 난투극과 삽자루 공격은 재미난 이야기와 추악한 행위 사이엔 큰 거리가 있다는 것을 가르쳐주었지요. (남자들에게) 저 사람을 데리고 나가세요. 그렇지 않으면 우리들이 그의 행동 때문에 재판을 받을 수도 있어요.
크리스티	―[공포에 싸인 목소리로] 교수형 집행관이 밧줄 올가미를 내 머리에 씌우게 하려고 그대가 나를 쫓아내는군요.
남자들	―[밧줄을 당기며] ―이리 와! [크리스티는 바닥에 끌려온다.]
크리스티	―[테이블 주위에 다리를 꼬며] 페긴, 밧줄을 잘라요. 그러면 지금부터는 당신들을 떠나서 키일 마을의 미치광이들처럼 온갖 잡동사니와 절벽의 잡초를 먹고 살겠습니다.
페긴	그럼 당신 같은 뻔뻔한 거짓말쟁이 때문에 우리가 교수형을 당하라는 건가요? [남자들에게] 끌어내세요.
숀	올가미를 그의 목에 걸어 조이세요.
필리	자네가 해봐. 저 친구 이빨에서 적당히 떨어지면 해치지 못 할 거야.

SHAWN   I'm afeard of him. (To Pegeen.) Lift a lighted sod, will you, and scorch his leg.

PEGEEN   ―[blowing the fire, with a bellows.] Leave go now, young fellow, or I'll scorch your shins.

CHRISTY   You're blowing for to torture me (His voice rising and growing stronger.) That's your kind, is it? Then let the lot of you be wary, for, if I've to face the gallows, I'll have a gay march down[275], I tell you, and shed the blood of some of you before I die.

SHAWN   ―[in terror.]― Keep a good hold, Philly. Be wary, for the love of God. For I'm thinking he would liefest wreak his pains on me.[276]

CHRISTY   ―[almost gaily.]― If I do lay my hands on you, it's the way you'll be at the fall of night, hanging as a scarecrow for the fowls of hell. Ah, you'll have a gallous jaunt I'm saying, coaching out through Limbo[277] with my father's ghost.

SHAWN   ―[to Pegeen.]― Make haste, will you? Oh, isn't he a holy terror, and isn't it true for Father Reilly, that all drink's a curse that has the lot of you so shaky and uncertain now?

---

275) gay march down = lively exit. 즐거운 퇴장.
276) liefest wreak his pains on me = 나를 공격할 것 같아요.
277) Limbo = 구원받지 못한 사자들의 거처이다.

숀   무서워요. (페긴에게) 불붙은 토탄 덩이를 가져다가 저 사람 다리를 태우세요.

페긴 ―[풀무로 불에 바람을 불어넣으며] 이봐요, 이제 그만 가시지. 안 그러면 당신 종아리를 데게 할 거야.

크리스티 그대는 나를 고문하기 위해 풀무질을 하는군요. (목소리가 커지고 더 강해진다.) 당신은 그런 사람이었나요? 그렇다면 당신들 조심하세요. 내가 교수대를 받아들여야 한다면 즐겁게 걸어 들어가겠어요. 그리고 죽기 전에 이 중 몇 명은 피를 흘리게 하겠어요.

숀   ―[두려움으로]―필리 아저씨, 단단히 잡아요. 조심하세요. 나를 공격할 것 같아요.

크리스티 ―[거의 명랑하게]―나한테 붙잡히면 당신들은 밤에 지옥의 새들을 쫓는 허수아비처럼 매달리게 될 겁니다. 아, 당신들은 우리 아버지의 영혼과 함께 지옥의 변방을 통과하는 훌륭한 소풍을 가게 될 겁니다.

숀   ―[페긴에게]―제발 서둘러요. 저 사람 정말 무섭지 않아요? 그리고 아저씨들을 지금 이렇게 비틀거리게 하고 우왕좌왕 하게 만든 모든 술은 저주라고 말한 라일리 신부님의 말은 참말 아닌가요?

CHRISTY   If I can wring a neck among you, I'll have a royal judgment looking on the trembling jury in the courts of law. And won't there be crying out in Mayo the day I'm stretched upon the rope with ladies in their silks and satins snivelling in their lacy kerchiefs, and they rhyming songs and ballads on the terror of my fate? [He squirms round on the floor and bites Shawn's leg.]

SHAWN   ⌐[shrieking.] My leg's bit on me. He's the like of a mad dog, I'm thinking, the way that I will surely die.

CHRISTY   ⌐[delighted with himself.] ⌐ You will then, the way you can shake out hell's flags of welcome for my coming in two weeks or three, for I'm thinking Satan hasn't many have killed their da in Kerry, and in Mayo too. [Old Mahon comes in behind on all fours and looks on unnoticed.]

MEN   ⌐[to Pegeen.] ⌐ Bring the sod, will you?

PEGEEN   [coming over.] ⌐ God help him so. (Burns his leg.)

CHRISTY   ⌐[kicking and screaming.] ⌐ O, glory be to God! [He kicks loose from the table, and they all drag him towards the door.]

JIMMY   ⌐[seeing old Mahon.] ⌐ Will you look what's come in? [They all drop Christy and run left.]

CHRISTY   ⌐[scrambling on his knees face to face with old Mahon.] ⌐ Are you coming to be killed a third time, or what ails you now?

MAHON   For what is it they have you tied?

CHRISTY   They're taking me to the peelers to have me hanged for slaying you.

크리스티   내가 당신들 중 한 사람의 목을 비틀어버릴 수 있다면, 법정에서
         재판관들은 배심원들이 벌벌 떠는 것을 보게 될 것이다. 내가 밧
         줄에 매달리는 날 메이요에는 울부짖는 소리가 들리지 않을까?
         비단과 공단 옷을 입은 여인들이 레이스 달린 손수건에 훌쩍거리
         고, 내 운명의 두려움에 관한 노래와 민요를 시로 짓지 않을까?
         [바닥에서 몸을 꿈틀거리더니 숀의 다리를 깨문다.]

   숀   ―[비명을 지르며.] 다리를 물렸어요. 저 사람은 미친개와 같아요.
         전 분명히 죽을 거예요.

크리스티   ―[스스로 만족하여]― 그럴 겁니다. 내가 2, 3주 후에 갈테니 환영
         하는 지옥의 깃발을 흔들어 주세요. 케리나 또 메이요 출신으로
         아버지를 죽인 사람은 사탄의 세계에도 드물거든요. [아버지 마흔
         이 뒤에서 기어들어와 남들이 눈치 채지 않게 바라본다.]

  남자들   ―[페긴에게]―토탄 가져와.

  페긴   [온다.]―하느님, 저 사람을 도와주소서. [크리스티의 다리가 데게 한
         다.]

크리스티   ―[발을 차며 비명을 지른다]― 오 하느님! [테이블을 놓자 사람들이 그를
         문 쪽으로 끌고 간다.]

  지미   ―[아버지 마흔을 보며]―보세요, 이게 누구죠? [모두 크리스티를 내려
         놓고 왼쪽으로 달려간다.]

크리스티   ―[무릎을 짚고 일어나 아버지 마흔을 바라보며]―세 번째로 죽고 싶어
         요? 왜 그러는 거예요?

  마흔   넌 왜 묶여 있니?

크리스티   사람들이 아버지를 죽인 죄로 교수형 시키려고 나를 경찰서로 끌
         고 가고 있어요.

MICHAEL   —[apologetically.] It is the will of God that all should guard their little cabins from the treachery of law, and what would my daughter be doing if I was ruined or was hanged itself?

MAHON   —[grimly, loosening Christy.] — It's little I care if you put a bag on her back, and went picking cockles till the hour of death; but my son and myself will be going our own way, and we'll have great times from this out telling stories of the villainy of Mayo, and the fools is here. (To Christy, who is freed.) Come on now.

CHRISTY   Go with you, is it? I will then, like a gallant captain with his heathen slave. Go on now and I'll see you from this day stewing my oatmeal and washing my spuds, for I'm master of all fights from now. (Pushing Mahon.) Go on, I'm saying.

MAHON   Is it me?

CHRISTY   Not a word out of you. Go on from this.

MAHON   [walking out and looking back at Christy over his shoulder.] — Glory be to God! (With a broad smile.) I am crazy again! [Goes.]

CHRISTY   Ten thousand blessings upon all that's here, for you've turned me a likely gaffer in the end of all, the way I'll go romancing through a romping lifetime from this hour to the dawning of the judgment day. [He goes out.]

MICHAEL   By the will of God, we'll have peace now for our drinks. Will you draw the porter, Pegeen?

마이클   －[사과하듯이] 각자의 가정을 법의 배반으로부터 지키는 것은 하느님의 뜻이지요. 내가 망하거나 교수형을 당하면 내 딸은 어떻게 할까요?

마흔   －[크리스티를 풀어주며 엄숙하게] 당신의 딸이 등에 바구니를 지고 죽는 날까지 조개잡이를 한다 해도 난 상관하지 않아요. 내 아들과 나는 우리의 길을 떠나겠어요. 이제부터 우리는 메이요의 악당 이야기와 이곳의 바보들 이야기를 하며 즐거운 시간을 보낼 겁니다. (결박에서 풀린 크리스티에게) 자, 가자.

크리스티   아버지랑 함께 가자고요? 그러죠. 이교도 노예를 데리고 가는 용감한 선장처럼. 이제 가세요. 내가 모든 싸움의 대장이니까 오늘부터 아버지가 오트밀을 끓이고 감자를 씻어야 할 거예요. [아버지를 민다.] 가라니까요.

마흔   나 말이냐?

크리스티   입 닥치세요. 갑시다.

마흔   [나가면서 어깨 너머로 크리스티를 본다.]－하느님께 영광을! (활짝 웃으며) 아, 살 맛 난다! (간다.)

크리스티   여기 계신 모든 분께 하느님의 축복이 있기를! 여러분들은 나를 멋진 청년으로 만들어 주셨습니다. 저는 지금부터 최후의 심판의 날까지 환상적인 이야기를 꾸며내면서 재미난 한 평생을 살겠습니다.

마이클   하느님의 뜻에 따라 이제 평화롭게 한 잔 할 수 있겠군. 페긴 맥주 한 잔 따라 오겠니?

SHAWN —[going up to her.]— It's a miracle Father Reilly can wed us in the end of all, and we'll have none to trouble us when his vicious bite is healed.

PEGEEN —[hitting him a box on the ear.]— Quit my sight. (Putting her shawl over her head and breaking out into wild lamentations.) Oh my grief, I've lost him surely. I've lost the only Playboy of the Western World.

CURTAIN

손　　ー[그녀에게 간다.]ー 결국 라일리 신부님이 우리를 결혼시키게 되다니 기적입니다. 그 사람에게 물린 상처가 나으면 우리를 방해할 사람은 없어요.

페긴　ー[그의 뺨을 갈기며.] 눈앞에서 꺼져버려요. [머리에 숄을 쓰고 거칠게 울음을 터뜨리며.] 아, 슬프다. 그 사람이 사라졌어요. 서부지방 유일의 사나이가 사라졌어요.

1871. 4. 10	더블린 근처 라스판 함(Rathfarnham)에서 중상류 개신교 가정의 8남매 중 막내로 에드문드 존 밀링턴 싱(Edmund John Millington Synge) 출생.
1872	싱의 부친 49세의 나이에 소아마비로 사망.
1889-92	더블린의 왕립아일랜드음악학교(Royal Irish Academy of Music)와 트리니티 칼리지(Trinity College)에서 수학. 이 기간 중 예이츠가 런던과 더블린에서 아일랜드 문예사회 (Irish Literary Society)를 창립. 싱은 트리니티 칼리지 졸업.
1893-98	음악을 공부하기 위해 독일로 건너갔다가 곧 파리로 이주, 소르본느대학에서 게일어, 불어, 이태리어를 공부함.
1896	1년간 이태리 방문. 예이츠를 만남. 예이츠의 권유로 애란섬을 방문하여 한 동안 머문다. 싱 호지킨스병 수술을 받음.

1898	처음으로 애란섬을 방문함
1898-1902	많은 시간을 애란섬과 파리에서 보냄 예이츠, 레이디 그 레고리와 함께 국립 아일랜드 연극회(The Irish National Theatre Society) 발전에 협력.
1903	〈계곡의 그늘에서〉(*In the Shadow of the Glen*) 초연.
1904	〈바다로 가는 사나이들〉(*Riders to the Sea*) 초연. 애비극 장(The Abbey Theatre) 창립.
1905	〈성자의 샘〉(*The Well of the Saints*) 초연. 싱 애비극장 연출위원회의 위원이 됨.
1906	여배우 몰리 올굿(Molly Allgood)과 약혼.
1907	애비극장에서 〈서부지방 제일의 사나이〉(*The Playboy of the Western World*)를 초연할 당시 폭동이 발생함. 〈애 란섬〉(*The Aran Islands*) 출판.
1908	싱의 모친 사망. 싱 종양 수술을 받음.
1909	3월 24일 더블린에서 38세 생일을 앞두고 싱 사망. 〈땜쟁 이의 결혼식〉(*The Tinker's Wedding*) 더블린에서 초연 됨. 〈시와 번역〉(*Poems and Translations*) 출판.
1910	싱 사망시 미완성이었던 〈슬픔의 디어드라〉(*Deidre of the Sorrows*) 애비극장에서 초연. 싱 작품집 초판 출판.

존 밀링턴 싱(1871-1909)은 더블린 근교에서 부유한 중상류층 청교도 가정의 8남매 중 막내로 태어났으며, 이듬해 아버지가 소아마비에 걸려 사망하고 어머니와 함께 외할머니 댁으로 이사하여 성장하였다. 음악을 좋아했던 싱은 대륙으로 유학을 떠났는데 프랑스에서 만난 예이츠의 권유로 아일랜드 서해안의 애란제도를 여행하며 그곳의 풍습과 사람, 그리고 민담을 수집하였으며, 후에 그때 모은 이야기들을 창작의 재료로 이용하였다. 싱은 윌리엄 버틀러 예이츠와 함께 아일랜드 문예부흥의 주역 중 한 사람이었으며, 또한 아일랜드 연극의 부흥에 핵심역할을 한 애비극장의 창립멤버이기도 하다. 싱의 조상은 영국계 아일랜드인이었는데, 그의 작품은 조상의 종교인 영국 교회가 아닌 로마 가톨릭을 믿는 아일랜드 시골의 농어민의 세계를 주로 담고 있다.

〈서부지방 제일의 사나이〉를 처음 접하는 사람은 제일 먼저 작품내용의 대담성에 놀라게 된다. 동양은 물론 서양에서도 부모살해는 신성모독에 가까운 패륜행위이기 때문이다. 사실 그리스, 로마 신화를 비롯한 서구문학에는 부모살해의 모티프가 흐르고 있으며, 프로이트는 오이디푸스 콤플렉스라는 용어로 살부의 충동을 남성의 심리에 내재된 보편적 성향으로 규정한다. 소포클레스의 〈오이디푸스 왕〉에서 오이디푸스는 아폴로 신전의 신탁을 피하기 위해 안간힘을 쓰지만 결국 자신도 모르는 사이에 아버지를 죽이고 어머니와 결혼하여 나라를 통치하였으며, 그 결과 온 나라에 역병이 창궐하는 재앙을 겪고 결국 파멸을 길을 걷는다. 오레스테스는 어머니를 죽인 죄로 복수의 신에게 쫓겨 다닌다. 〈서부지방 제일의 사나이〉에서 싱은 실제가 아닌 가상의 부친살해 사건을 제시하여 사람들의 내면심리를 탐구하고, 또 실제의 부모살해의 시도가 있었을 때 어떻게 반응하는지를 보여준다.

　　1907년 1월 26일에 더블린의 애비극장에서 〈서부지방 제일의 사나이〉가 초연되었을 때 민족주의자들의 폭동으로 공연이 중단되거나 대사가 없는 마임으로 일부를 공연하는 상황이 벌어졌다. 구체적인 이유는 이 작품이 부친살해를 다루고 있고 아일랜드 여성을 폄훼하는 모습을 재현하고 있다는 불만이었다. 당시 아일랜드는 영국의 식민통치에 신음하며, 곳곳에서 독립투쟁이 벌어지고 있던 시점이어서 연극 속에서 아일랜드 시골사람들의 도덕윤리에 문제가 있는 것처럼 그린 작품이 공연되는 것에 불편한 심기를 감추지 않았다. 이 당시 애비극장의 예술감독 중 한 사람인 예이츠는 스코틀랜드 여행을 중단하고 급히 돌아와 폭동사태를 진정시키는 데 일조를 하였다. 초연 이후 싱은 비평가들에게도 상당히 시달렸는데, 작품의 출판본 서문에 이 작품 속 인물들의 투박한 말과 생각은 그가 실제로 그 지방을 여행하며 채집한 것들이며, 실제로 아일랜드 시골의 언어, 문화에 비하면 오히려 순화된 것들이라고 주장한다. 싱이 아일랜드 서부의 애란제도에 머물면서 섬의 생활을 기록한 〈애란제도〉에는 부친을 살해한 범인을 사람들이 감춰주고 미국으로 도피할 수 있도록 도운 이야기가 기록되어 있다.

　　〈서부지방 제일의 사나이〉의 사건은 아일랜드 메이요 지방의 한 마을의 술집에서 시작된다. 여주인공 페긴은 결혼식 준비를 하고 있는 술집 주인의 딸이다. 그녀의 아버지 마이클 플라허티는 이웃 동네의 초상집에 가서 밤새 술을 마실 궁리를 하는데, 문제는 보호자 없이 딸을 혼자 놔두고 가야 한다는 데 있었다. 그런 상황에서 크리스티 마혼이라는 낯선 청년이 나타난다. 그는 자신이 아버지를 살해하고 도피 중이라는 말을 하는데, 이상하게도 플라허티는 그를 내쫓지 않는다. 그런 반응은 페긴도 마찬가지여서 아버지에게 그를 사환으로 채용하자는 제안을 한다. 첫 밤을 그 집에서 보낸 크리스티는 다음날 아침 선물을 들고 온 마을 아가씨들에 둘러 싸여 즐거운 시간을 보내며, 그의 소문을 들은 마을 사람들은 그를 영웅으로 대접하고 동네과부는 그를 자기 집으로 데리고 가려다가 페긴과 싸움을 하기도 한다. 크리스티는 동네 운동경기에서도 두각을 나타내어 모든 종목을 휩쓸다시피 하는 대단한 실력을 발휘한다.

　　상황은 죽은 것으로 알았던 아버지 마혼이 등장하면서 반전을 맞이한다. 그가 도망친 후 아버지는 그를 잡기 위해 꾸준히 따라온 것이다. 마혼의 설명으로 크리스티의 이야기가 허황된 과장이며 거짓이었다는 것이 밝혀지면서 사람들은 그를 무시하고 피하기 시작하는데, 무엇보다도 결혼을 약속한 페긴의 차가워진 마음을 돌리기 위해 크리스티는 아버지를 재차 죽이려고 공격한다. 그의 예상과 달리 마을 사람들은 그의 폭력에 경악하며 그를 붙잡아 경찰에 넘기려고 한다. 이야기로 듣는 부친살해와 실제의 폭력은 완전히 다른 것이었다. 그를 경찰에 인도하기 직전에 죽은 것으로 생각되던 그의 아버지가 마법처럼 다시 나타나 그를 데리고 고향으로 향하면서 상황은 종료된다. 크리스티가 가졌던 로맨스의 꿈은 이렇게 깨졌고, 페긴의 "사나이"와의 결혼의 꿈도 날아가고 만다.

　　〈서부지방 제일의 사나이〉의 주제는 다양하게 이해될 수 있다. 첫째, 이 작품은 성장극이다. 크리스티는 처음 등장할 때에는 수줍음 많고 용기도 없는 '말 더듬이 등신'으로 불리던 시골청년이었다. 그는 자기 행위에 대해 부끄러워했고 경찰의 추적을 극도로 두려워하는 겁쟁이였는데, 사람들이 자신을 좀

도둑 취급을 하자 거기에 대한 반발로 아버지를 살해했다고 주장한다. 사람들이 그를 비난하고 고발하는 대신 영웅처럼 대하자 서서히 성격에 변화가 일어난다. 그는 마을 운동경기에서도 두각을 나타내어 명실공이 영웅으로 탄생한다. 끝에 가서 비록 그가 원하는 페긴과의 결혼은 무산되었지만 아버지와 함께 고향으로 떠날 때의 크리스티는 어디에 내놓아도 손색이 없는 뛰어난 청년으로 극적 성장을 이룬다. 이 작품을 싱이라는 무명작가가 훌륭한 예술가로 성장하는 과정을 극화한 알레고리로 보는 비평가들도 있다. 크리스티가 페긴에게 구혼하며 사용하는 언어는 어디에 내놓아도 손색이 없는 아름다운 시의 풍미를 가지고 있다. 일부 아일랜드 관객은 이 작품이 아일랜드를 모욕하였다고 주장하였지만 이 작품의 진정한 가치는 말의 아름다움에 있으며, 아일랜드인들의 언어를 이토록 아름답게 꾸민 싱이야말로 진정한 애국자로 평가 받아야 한다.

크리스티는 아버지 살해라는 행위를 통해 성장을 한다. 이는 오이디푸스가 아버지를 살해하고 나서 어머니가 되는 과정이 성장의 통로일 수 있다는 점에서 소포클레스의 극과 닮았다. 또 나중에 가짜로 들통나기는 하지만 크리스티의 행위는 중세 유럽의 귀족청년들이 기사가 되기 위해 악마와 싸우러 떠나는 모험여행과도 일맥상통한다. 크리스티의 성장은 정신의 측면인 언어에서도 이루어지고 또 육체적으로도 엄청난 변화를 통해 이루어진다. 여성 앞에서 말 한마디도 하지 못하고 도망을 다니던 그가 페긴에게 구애하면서 쏟아놓는 말들은 어디에 내놓아도 손색이 없을 정도의 시적 아름다움을 가지고 있다. 처음 등장할 때 초라하고 겁에 질려 사람들 눈치만 보던 소년이 마지막에 아버지와 함께 고향으로 떠날 때는 투사가 된다. 그는 사랑을 쟁취하기 위해서는 어떤 일도 저지를 수 있는 사나이가 된 것이다.

둘째, 이 작품은 소포클레스의 〈오이디푸스 왕〉의 패러디이기도 하다. 하지만 소포클레스의 극이 비극인 데 반해 싱은 희극으로서 부친살해를 다룬다. 주지하다시피 부모살해는 결코 용서 받을 수 없는 대역죄다. 이처럼 무거운 제재를 한바탕 비틀어 가볍고 웃기는 희극으로 만들었다는 점에서 싱의 독창성을 발견할 수 있다. 부친살해범을 환영하는 사람들의 태도와 그런 환경에 무서울 정도로 신속하게 적응하는 크리스티의 모습을 보는 것은 놀랍기도 하고 우습기도 하다. 사실 이 작품의 장면들은 현실의 재현이라기보다는 상상력을 동원한 광상극에 가깝다고 보는 것이 적절하다.

셋째, 부친살해라는 거창한 폭력행위는 크리스티의 이야기를 통해 사람들에게 전달된다. 인물들은 그가 하는 이야기의 진실성을 확인할 방법이 없다. 그가 아버지를 죽인 건 우발적인 사고였다. 재산을 노리고 아들을 과부와 강제로 결혼시키려고 하는 데 반발한 아들이 아버지의 괴롭힘에서 벗어나려다 발생한 우발적인 사고였다. 크리스티는 사람들에게 그 사건을 이야기할 때마다 부풀리고 과장하여 자신을 영웅처럼 묘사한다. 사람들은 그가 그들의 눈앞에서 다시 한 번 더 아버지를 죽이려고 할 때 비로소 그의 행위가 결코 용납할수 없는 패륜이며 범죄행위라는 것을 인식한다. 사실 이 작품에서 부친살해라는 극악한 폭력은 말로써만 묘사될 뿐 존재하지 않는 행위이다. 동화나 판타지 만화에서 죽은 자가 계속 살아나듯이 아버지 마흔은 죽음에서 두 번이나 살아난다.

이 작품 속의 아일랜드 사람들은 이야기 하기와 이야기 듣기를 무척 좋아한다. 동화나 만화에 나오는 괴물 이야기나 기괴한 사건들처럼 크리스티의 부친살해 이야기는 이들의 호기심을 자극하고 윤리도덕과 상관없이 즐기게 만든다. 그들은 크리스티의 이야기 속에서 환상의 체험을 하고 그를 영웅시하는 경향이 있다. 두 번째로 살해당한 마흔이 버젓이 살아 돌아와 넉살 좋게 웃으며 크리스티를 데리고 고향으로 돌아갈 때에도 사람들은 사건의 사실성에 대한 의문을 제기하지 않는다. 모든 것은 한 편의 판타지에 지나지 않는다.

　　싱의 〈서부지방 제일의 사나이〉는 아일랜드 서부지방의 사투리가 다수 포함된 작품으로 원어로 읽기에 쉽지 않은 작품이다. 작품의 우수성에도 불구하고 그러한 어려움 때문에 원어민이 아닌 독자가 이 작품을 충분히 즐기지 못하는 것을 안타깝게 느낀 나머지 번역작업에 착수하게 되었다. 아일랜드 사투리를 어떻게 옮길 것인지에 대한 고민이 너무 깊어지면 번역을 하지 못하고 말 것 같아 필자의 고향인 서울경기 지방의 한국어를 쓰기로 생각하고 용감하게 번역을 시작하였다. 이번 번역이 결코 완벽한 번역은 아니라고 생각하며 앞으로 더 좋은 번역이 속히 나올 것을 믿는다. 이번에는 아일랜드 드라마를 공부하는 학생들과 학자들을 위하여 순수 번역본이 아닌 영한 대역본을 만들었다. 이 작품의 아름다움을 제대로 이해하려면 대사 한마디, 단어 하나까지 꼼꼼하게 이해하고 넘어가는 게 중요하다고 보았기 때문이다. 어려운 부분을 해결하는 데 도움을 주신 케빈 오루크(Kevin O'Rouke) 신부님께 이 자리를 빌려 감사드린다.

옮긴이 **손동호**
한국외국어대학교 영어과 졸업
미국 미네소타대학교 대학원 영문학과 졸업 영문학박사
한국외국어대학교 영어대학 교수
근현대영미드라마 전공자로서 다수의 논문과 역서를 출판하였고
현재 아일랜드 드라마를 연구하고 있음.
경력: 세계문학비교학회 회장, 한국아메리카학회 회장

서부지방 제일의 사나이

THE PLAYBOY OF THE WESTERN WORLD

초판 발행일 2016년 2월 29일
John Millington Synge **지음** ¦ 손동호 **옮김**

발행인 이성모
발행처 도서출판 동인 ¦ 서울시 종로구 혜화로3길 5 118호
등 록 제1-1599호
TEL (02) 765-7145 / FAX (02) 765-7165
E-mail dongin60@chol.com
ISBN 978-89-5506-703-3
정가 12,000원